U0876703

上海隽峰文化传媒有限公司
SHANG HAI JUN FENG CULTURAL WEDIA CO.LTD

我有一个超能力，超级喜欢你

艾鹿薇
作品
AI LU WEI
WORKS

江苏凤凰文艺出版社
JIANGSU PHOENIX LITERATURE AND ART PUBLISHING, LTD

图书在版编目（CIP）数据

我有一个超能力，超级喜欢你 / 艾鹿薇著. -- 南京：江苏凤凰文艺出版社，2018.4

ISBN 978-7-5594-1809-8

Ⅰ. ①我… Ⅱ. ①艾… Ⅲ. ①故事－作品集－中国－当代Ⅳ. ①I247.81

中国版本图书馆CIP数据核字（2018）第056495号

我有一个超能力，超级喜欢你

作　　者	艾鹿薇
责任编辑	丁小卉　姚　丽
总 策 划	调　调
出版监制	唐　昕
特约编辑	小　左
责任监制	刘　巍　江伟明
出　　品	隽峰文化
出版发行	江苏凤凰文艺出版社
出版社地址	南京市中央路165号，邮编：210009
出版社网址	http://www.jswenyi.com
印　　刷	湖南天闻新华印务有限公司
开　　本	880mm×1230mm　1/32
字　　数	125千字
印　　张	9.5
版　　次	2018年5月第1版　2018年5月第1次印刷
书　　号	ISBN 978-7-5594-1809-8
定　　价	36.80元

目录

CONTENTS

碎于命运

S U I　Y U　M I N G　Y U N

掩于尘土

Y A N　Y U　C H E N　T U

QIYU CHUNCHI

作家艾鹿薇和她

不勇敢的朋友们

启于唇齿

从前觉得，如果渴望一件事，那么在它来临时用力握住就好。

从前也觉得，只要拼尽了全力，就不会有那么多遗憾。

可是后来长大了，看过很多人生起伏，目睹无数离合后，终于知道很多人与事，失去不是没有用力握住，而且因为你与他们相遇的时机不对。

看过一首诗歌，原文不太记得，但它表达的意思我一直没能忘记。

每个人都有属于自己的一只钟表。

有人遇见爱情的年龄是十七岁，然而那一年他的自由高于一切，他失去了心爱的姑娘。自由没有错，十七岁的他也没有错，心爱的姑娘更没有错，一切都没有错，因为在他的那只钟表上，爱情的时机还没有来临。

有的人事业腾达的年龄是五十岁，前三十年里他也曾披荆斩棘，辛酸和无奈写成一本奋斗史，不是方式不对，不是运气不好，只是在他的钟表上，成功来得稍微晚了一些。

你拥有怎样的人生，就会拥有怎样的钟表。

勇敢的人，成功与失败都来得早。

不勇敢的人，钟表摆动的节奏也似乎满是犹豫和挣扎。

没人能跨越时空，告诉十七岁的自己要如何选择，也没人会在十七岁时因为别人的劝告而改变钟表的走向。

其实这世界很公平，成功者与失败者都有悔恨，勇敢与不勇敢都有遗憾。

时机成了我们对过去释怀的解药，就如同信仰让我们有了敬畏。

钟表每摆动一下，即是往事。

人生每回望一次，皆是勋章。

致——所有我曾不那么勇敢的朋友们。

我没有怀念——大远的故事

1●○ ○○

大远是我关系很好的一个男闺密，与我一样是天蝎，不过他的天蝎特征更典型，性子浪、路子野、嘴巴毒。学生时代的大远，总能把喜欢他的女生最后处成闺密，因此也就一直单身着。后来终于到了能放心大胆谈恋爱的年纪，他原以为身边女闺密多，可以享受到一些福利，比如发动闺密给他介绍一些靠谱的女生，可时代发展太快，原本女闺密多代表男生是暖男，如今这类男生却变成了最不受欢迎男生类型之一……

大远就再次落单了。

2●○ ○○

总在落单的大远其实真心爱过的女生有两个，一个在初中，一个在大学。

初中的时候，大远学习不怎么样，每天迟到早退，上课睡觉，除了不跟老师顶嘴，大概没什么优点了。

大远和我说："师者，尊也。顶嘴不好，万一顶不过，多没面子。"

当然了，主要是顶不过。

大远有几个死党，其中跟他关系最好的叫关杰，是个义薄云天的男生，班里大小事他一人包揽，有违正义的事他都要插一脚，谁的忙他都帮，同学几个总叫他"男妇联主任"。

那时，在他们小团队里有个短发女生叫何欢，性子大大咧咧的，据大远说长得像朵大喇叭花，一笑露两排大白牙，嘴角有个梨窝，用大远当时的话形容就是：何欢哪算什么校花，可如果校花不是她，我也选不出来别人了。

那时候，他们小团队常常在假期相约出去玩，摆个烧烤架子，烟熏火燎地吃着半生不熟的肉，觉得生活比偶像剧还浪漫，觉得哥几个迟早会征服星辰大海。

那时候，大家会挨个聊起自己的理想。

关杰家有癌症的基因，他的外婆、姨妈，还有他妈妈都因为癌症去世了，所以他的理想是做个医生。

而大远对自己的理想却一直保密，他卖着关子说等元旦再说，那时候会给大家一个惊喜。

到了元旦前一晚，大远酝酿了半个晚自习，写了一排小楷字，把字条搓成一团丢给了何欢，说下课教学楼后面见。

何欢看了一眼字条，刚想回复的时候，下课铃响了，她就被关杰叫了出去。

隔了十分钟再回来的时候，何欢和关杰勾着肩膀笑嘻嘻的，一副很亲密的模样，感觉像是在一起了。

何欢这会儿想起字条的事，走过去问大远："找我什么事呀？"

大远嘻嘻哈哈，拍着何欢的肩膀说："我扔偏了，字条不是给你的。"

3 ●○ ○○

大远和何欢再无后话，何欢和关杰也似乎没有更亲密，小团队的关系照旧。

直到寒假，大远和几个死党在网吧玩到半夜，玩困了就在门外喝着啤酒提神，还不小心把啤酒罐丢到了一辆面包车上。

面包车上下来两个社会小青年，大远他们仗着人多，和人家嚷嚷了几句，那两人也没多言语就开车走了。

他们几个散了后各自回家，关杰和另外一个男生留在网吧通宵。结果那辆面包车很快就返回来，还装了满满一车人。他们进了网吧就动手打人，关杰原本都成功跑远了，可看到朋友挨打，就又回去帮忙。他推开了朋友，自己以一敌好几个。

那个被解救的朋友溜出去打电话给大远和其他人，等所有人陆陆续续赶到现场，才看见关杰躺在街边一动不动。一伙人慌了神，赶紧把关杰送到医院，但人已经没了。

那个假期，原本几个关系很铁的朋友都再也不联系了，再开学的时候，已经形同陌路。

大远说："我们都过不去心里那关，若多留一个人，关杰大概也不会走了。"

半个学期后，大远决定退学，原来他的成绩也不好，家人也知道他消沉多半跟关杰有关，经历了好几番的骂和劝，他都铁了心要退学。大远家是不缺钱的人家，最终应许了，在出国培训机构给他报了个名，打算把他送到国外去。

一年里，大远无所事事，培训机构也不怎么去，天天泡在游戏里。有天他在网吧无意中遇到了何欢，她说关杰的姐姐大学刚毕业，就被查出得癌了，她说："大远，怎么办？关杰的家人已经撑不住了。"

大远回家和爸妈说："别费劲送我出国了，钱先借我救一个人，救完人，我回学校重新念书。"

大远拿着钱送到关杰家，说是朋友们一起凑的，之后他进了一个私立学校。

大远和我说，他这辈子没那么努力过，不管同学和老师多烦他，他不会的就问，整宿整宿地学习。他还说自己去医院看过一次关杰的姐姐，长得挺好看的一个大姐，穿着病号服，整个人已经憔悴得没有人样了。

大远说的时候眼睛红红的，他说：“薇，你说人活着怎么就那么苦？”

4●○○○

此后大远虽然努力，可是基础太差了，只考进了一所普通高中。高考的时候，他和家里说自己要学医，家人觉得没什么希望，还是打算送他出国。

果然不出家人所料，大远高考落榜。之后，他不听家人的安排，毅然去复读。

那一年里，大远又是补课又是请家教，终于考上了大学。

九月份，大远去上学的时候，从前的同学来送他，随口问起他：“初中时，你说的那个理想是什么？”

他只是笑，说：“没什么理想，瞎胡扯的。”

后来我也问过他，我说：“我不信，你有理想的对不对？”

隔了那么多年，大远才说，他的理想是向何欢表白。

他说：“命运多么可笑，关杰的理想是当医生，我的理想是和何欢在一起，可最后当了医生的是我。”

我问他：“何欢呢？你还联系她了吗？”

他说上大学后，何欢去找过他一次，和他说了很多年前的一件事。

初中那年元旦，他丢字条给何欢的那个晚上，关杰把何欢叫出去，和她说的是：“大远可能喜欢你，但是他脸皮薄、爱面子，你要是感觉也行，就主动点呗。”

何欢说："看他表现了，我是女生，也不好太主动吧。"

两人聊完这些，有说有笑地回来。等何欢再问大远有什么事的时候，大远答的是："我扔偏了，字条不是给你的。"

大远讲完后，仰头喝完了一整杯酒，我坐在他的旁边哭得不能自已。

见我哭了，他说："你个傻犊子，全是假的，哥们儿骗你的。"可说这话的时候，他的眼里分明都有泪了。

我很用力地拍他的肩，在止不住的眼泪里看着他，我说："傻犊子，我一个字都没信，真的。"

聚会结束后，回家的路上，我和别的朋友说，我再也不笑话大远为什么活得浪了。

朋友叹气说："咱们还是照旧笑话他吧，他这些年活得太沉重了。"

5

大远爱过的第二个女生叫李顾，大学里当之无愧的校花。

他喜欢人家的事，简直尽人皆知。因为从入校那天帮人家登记了一下学籍信息起，他的嘴上就再没停过，一直念叨人家的名字。

"啊，李顾那两条腿真是长得可以了。"

"啊，李顾眼睛是不是有毒，怎么对视一下，我就走不出来了？"

"啊，李顾饭量可以的啊，吃一份半红烧鱼。"

那时候，大学宿舍的几个舍友都怂恿他去表白，说喜欢到这份上，还磨叽什么？

他就笑得跟浪子似的，说：“再等等，哥们儿心性不成熟，别害了人家姑娘。”

嘴上这么说，可身体却很诚实的大远依旧关注着人家。

有天，李顾和舍友在校外的一间药房门口踌躇不前，大远和舍友正好路过。他拉着舍友问：“你说这女同学不敢进药店是几个意思？”

舍友说：“我又不是学侦查的，真不懂女人。”

结果等到晚上，大远让女舍宿管老师叫李顾下楼，二话不说塞给人家一个袋子。

李顾打开袋子后，人都蒙了，里边有毓婷，有试纸，还有痔疮膏……

他也没解释一句，扭头就走，李顾追上去问他：“你什么意思啊？”

他说：“你看看用不用得上，要是这袋子里没有你需要的，你就生出来，我接着。”

李顾气得说不出话，伸腿踢了他一脚，转身就上楼了。

他回了宿舍后一直傻笑，舍友问他怎么回事。

他笑得像个孩子，说：“李顾纯得我心都疼了。”

后来他才知道，是李顾宿舍的舍友看上了那间药房的一个兼职小哥哥，那天她是陪着舍友去要小哥哥手机号的。

6

大概因为大远给人的感觉吊儿郎当吧，李顾最终被隔壁大学一个长得倍儿精神的男生追走了。

那男生是单眼皮，有挺迷人的瓜子脸，听说之前他交过好几个女朋友，但没哪个特别长久的。

听说李顾有了男朋友，大远消沉了好一阵子。

有次学校文艺会演，李顾表演了一段单人舞，结果她手机在后台音响边放着，恰巧有人来电话，电磁干扰了音响，发出很刺耳的杂音……

李顾一分心，跳错了好几个动作，最后硬着头皮跳完了一支舞，刚走出后台就哭成了泪人。

大远从观众席跑到后台，见她穿着条短裙，整个人都冻得发颤，就把自己的衣服给她套上了。

李顾一直哭，也不理他，从礼堂跑出去。

那晚外面沙尘暴，大远说刚出门就感觉满脸都是沙子。他追上李顾把她圈在怀里，将她送回了宿舍。

全程两人都没说一句话。

到了宿舍楼下，李顾在台阶上转过身来，他都走出去挺远了，她喊他："你个㞞包，你什么都敢做，为什么就不敢追我？"

大远也转回身，沙尘飞扬里，他冲李顾挥了挥手，示意她赶紧进去吧，然后扭头走了。

后来他宿舍的男生问他："你干吗那么怕李顾啊？人家女生既然都开口了……"

大远嘿嘿笑着，说："何必呢？李顾喜欢的不是我。"

他心里知道，李顾对他，只有好奇—

好奇他的退缩，好奇他的犹豫，也好奇他到底有多喜欢她。

7

李顾和校外的男生在大学几年里分分合合，每次都是那男生劈腿被李顾抓住了，男生又哭着认错，说自己有多爱她。

后来李顾大概让男生折腾得有点倦了，也不再找他哭闹了，虽然没分手，但两人见面次数少了。

大多数时间里，李顾都和舍友们在一起。

有人撺掇大远，这么好的机会，还不上？

大远依然我行我素，其间因为学生会的关系，两人有了彼此的手机号，也会因为公事发个短信什么的。

李顾生日时喝多了几杯红酒，借着酒劲叫大远下楼，当面问他："我们是不是要一辈子当朋友？"

大远笑着反问她："你呢？喜欢我吗？"

李顾被问得愣住了，看着他，半晌没说出一个字。

大远叹息着，笑了："所以不做朋友，还能怎么样？"

李顾缓过劲来，反呛他一句："我喜欢了你四年，还怎么做朋友？"

因为李顾这一句话，大远终于踏出了人生最重要的一步，两人在临近毕业时，终于顺利牵手。

但是没多久，李顾的家里出了事，家人都被审查了。

李顾想要赶回去，但亲人让她回避，她在学校没日没夜地哭，大远就全天陪着她。

毕业后，李顾回了家乡，只发了一条分手的短信，便再也不联系大远。大远去了她家几次，她都闭门不见。

她怕拖累大远，也觉得自己现在这副模样，大远的家人大概不能接受她。那段时间，大远联系不到她，人快急疯了，开了一宿的车直奔她家。

见到李顾，大远把自己的存折、房产证、车产证通通亮出来。

他说："李顾，谁反对都没用，咱领证去！"

但李顾最终还是拒绝了他。

大远说这大概是女生最后的骄傲吧，他总想着过段时间，他一定能挽回她。

他每个月都去找她，她开始不见他，慢慢也会和他说说她最近的情况。她在当地一个小单位工作了，认识了不少新朋友，现在他们还不知道她家的情况，她生活得还算自在。

她和大远说："应该用不了多久，我就能嫁出去了，到时候你就别来了。"

大远说给她时间整理心情，谁知那年年底，她给所有同学寄了请帖，宣布要结婚了。

大远和我说："我没你那么好命，我和爱情之间始终差了点缘分。"

在李顾的婚礼上，大远生平第一次醉得不省人事。

此后，他删除了手机里李顾的号码。

我问他："为什么这么做？"

他笑了，说："我不纠缠她，她才能了无牵挂，过得更好吧。"

他还说："遇到李顾之前，我一直以为自己是个浪子。李顾走了之后，我才知道我原来是个情种。"

至今，大远所有的密码都是她的生日。

8

工作后，大远陆续认识了两个女孩，不过大远都奔着结婚去的，对妹子们坦诚相待，可他越实诚，遇到的妹子反而越狡猾了。

她们其中有没结婚就要求房产证上写女方名字的，有交往第一个月就说工作辛苦，要辞职让大远养活的。我气得捶桌子，大远倒觉得无妨，一一答应。

我说："你是不是谈恋爱谈得脑子坏了？"

他说："人家妹子嫁给我就是一辈子，要个房子、要个依靠总没错吧？"

我无言以对，可后来即便是大远什么都应了妹子，人家还是劈腿，理由是在一起后，觉得他太无趣了。

无趣？大远的段子随便说说都是能去当相声段子的，你说我们大远无趣？我跃跃欲试地要去给大远讨个公道，大远拦着我直笑。

他说："老薇啊，我们要感谢她啊，婚前劈腿这事还各有退路，这要是有了娃，或者成了我媳妇，跟我爸妈都处出来感情，我到时候为了老小，离还是不离？"

我又一次被大远说服了。婚姻对他来说，早就不仅仅是爱情，他需要的是一生一世无血缘的亲情。

他要娶回家的女生，是他父母的女儿，是他孩子的妈妈，是他一生到老的亲人。

我和大远说："你的命为什么这么苦？老天为什么这么对你啊？"

大远却说："我衣食无忧，能吃能喝，只是没姑娘陪而已，哪儿命苦啊？况且，我总会等到我的姑娘的。她只是来得晚了一些而已，对吧？"

没错，我生命中最重要的男闺密大远，他配得上拥有一个最好的女孩，我会陪着他等这个人出现，哪怕是用毕生的时间。

因为这样的大远，没道理不幸福，对吧？

一万次退后——闺密猫的故事

1 ●○ ○○

这个故事来自我的闺密猫。

高中的时候，猫是学校里默默无闻的女生，不漂亮，个子不高挑，成绩也不突出，每日都穿校服和运动鞋，学校到家两点一线，平凡如微尘。猫有两个好朋友，与她不同，她们很会打扮，很会撒娇卖萌，以认高年级的男生当哥哥为了不起的荣耀。

猫跟她们在一起，每天都能听到很多学校风云人物的故事，但故事是故事，即便是同校，故事里那些人和事也距离她很远。可那两个女生却热衷于此，也是那个时候猫才发觉，她似乎从未走入她们的世界。

直到一个全校停电的晚上，晚自习提前结束，猫去上网，却遇到了教导主任去网吧临检，匆忙逃走时来不及关掉 QQ。

她再上网的时候，有一个叫“情歌未达”的人申请加她好友。

她觉得那个名字有点文艺风，号主没准是个怪咖，便决定忽略。可那人似乎很执着，一次又一次加她，直到一周后的晚上，她在网吧很无聊，就顺手点了通过。

她是性格内敛的女生，与陌生人并没什么话题，对方说“你好”，她回个笑脸；对方说随便说几句，她再回笑脸，就这么一搭没一搭地聊着，直到对方发来一条消息：你要不要换个位置？你头顶的那个灯一直闪，你不怕炸啊？

她顿时慌了，往四周飞快扫了一圈，看到隔着好几排的地方，有条长长的胳膊从椅背上探出来，冲她挥了挥，她吓得魂都去了一半，抱着书包匆匆结账走了。

离开前，她瞥到那人穿着与她一样的校服，背影挺而瘦，后脑勺的轮廓有点好看。她推开门快步出去，加速的心跳很久都无法平息。后来过了几天，每次回想起那个好看的后脑勺，她都有点遗憾没有看到那人的脸。

因为太好奇，她试探着问两个好朋友，知不知道"情歌未达"是学校里的谁。

结果这四个字刚出口，那两人就一起傻了眼，她们告诉她，那是学校的风云人物—蒋海。

她当然知道这个名字，那时候学校里的风云男生有两个，一个是蒋海，还有一个叫顾鑫。两人家境都特别好，学习也还不错，据说帅得没边没际，她也远远见过两个真人，觉得是蛮帅的，却也没传说里那么夸张。

她的两个好朋友一直都想认蒋海当哥哥，可根本没有接近他的机会。听到这个消息，两人一个劲问她，是怎么加到蒋海QQ的。

她说是对方加的她，也没聊什么。两个女生都觉得她隐瞒了什么，很不开心，连着几天都对她冷嘲热讽，说："人家可是玩得很开的男生，你那么傻乎乎的，别被人家玩了。"

知道那人是蒋海后，她原本心里慌慌的，毕竟对方是太有名的人，她一个平凡的女生，也从未和这样的人有过交集，就想着以后还是不要再和对方联系了。

2 ●○ ○○

隔几天她再去网吧，"情歌未达"也在线。她刚想隐身，可他的头像已经闪起来了。

他：这都几点了？你还来？

她如实回答：没带钥匙，在等妈妈下夜班回来。

他：出去轧马路？

她：不了，太晚了。

尽管对方也没说什么，可看着蒋海的头像，猫的心里还是很慌，之后下线离开了网吧。走出去的时候，她听到身后有推椅子的声音，隐约觉得有人跟着她出来了。转头间，她看到一个瘦瘦高高的男生站在网吧台阶上。

猫的心紧了一下。

他走上来，说："送你回家吧。"

她看着那张陌生又好看的脸，问："你是谁啊？"

男生咧嘴笑了，直接报了姓名："顾鑫。"

她脑子一蒙，脱口而出："你不是蒋海吗？"

男生笑容痞痞的，说："你查过我啊？小海这个QQ号给我了，这半年都是我在用。"

她觉得有点窘迫，想找机会溜，便说："街对面就是我家，你别送我了，我妈看到会打断你的腿。"

男生答得从容："那我的腿断了，你得负责吧？"

她的心像是被他的坏笑撞开一个角似的，硬着头皮说："我玩不起你们这种套路，也不是你们要认的那种妹妹。"说完就风一样逃走了。

隔天，她正犹豫要不要把这件事告诉两个好朋友，就听她们说："你知道你现在名气有多臭吗？高年级的人都在传你想勾搭蒋海。"

她想解释QQ里加的人并不是蒋海，可又怕说出顾鑫的名字，会引来一场更大的麻烦。

一节课的时间，她和蒋海的名字就已经被捆绑在一起，她勾搭蒋海的流言传得飞快，班里好些女生都对她冷嘲热讽，说真是人不可貌相，她这样的还敢搭蒋海。

她害怕，却又无处解释。她知道蒋海有女朋友，是个相当不好惹的女生。

3 ●○ ○○

当晚晚自习之后，她匆匆回家，刚路过网吧门口，就看到顾鑫双手插在校服口袋里，坐在台阶上。

她正想转头跑，就听他喊她："嗨！跑什么啊！"

她说："你们都离我远一点，行不行？"

他疑惑地问："你们？你指我？"

她也不管不顾，脱口而出："我有两个好朋友特别想给你当妹妹，你要是实在无聊，我介绍给你啊！"

男生愣了一下，说："好，给我名字。"

第二天早自习，全班都在安静地温着书，突然，顾鑫走了进来。他敲着第一排桌子，点了两个名字，说："出来聊会儿。"

两个女生战战兢兢地跟着出去了。

顾鑫开门见山地问她们："到底和她说什么了？她为什么见了我总要逃跑？"

两个女生一口否认，快要吓哭了。

她没想到事情会变成这样，赶紧出去拦他，却见他一副凶凶的样子。她比顾鑫还凶，问他："闹够没有？"

顾鑫回呛她："对于这样的朋友，离远点行不行？"

她也呛他："那你离我远点行不行？"

顾鑫沉默了一会儿，说："行！"之后头也不回地走了。

猫原本以为这件事就这么结束了，谁知当天中午蒋海的女朋友带着好几个女生来找她，不知道是听说了什么，骂她骂得很难听，还扇了她一个耳光。

她觉得委屈，可那两个朋友却在门口看着，对她不闻不问。

晚自习的时候，一件事在全校传开了：顾鑫把蒋海打了。

4

她心里生了疑，但还是安慰自己，这件事与她没有关系。

晚自习结束后回家，她远远就看到网吧门口有一个人坐在台阶上。

她硬着头皮走过去，顾鑫脸上带着一片青，却对着她笑得很浪，说："嗨，这次不跑了？"

她说："我今天被打了，你知道吗？"

顾鑫说："我今天打人了，你知道吗？"

她沉默地向前走，他跟在她后面走，说："我下手不重，就是让他以后管好女朋友。"之后他顿了一下，压低声音问，"我给你惹麻烦了？"

她的心一下子就软了，转过身看着他。

见她肯理他了，他便又变回笑嘻嘻的样子，说："喂，见了好几次了，你叫什么名字？"

她说了名字，声音低低的。

他双眼中堆满了笑意："嗯，以后写情书终于能有名有姓了。"

很多年后，猫对我说，她再也没见过哪个男生笑得那么让人心动了。

5

几天后，蒋海的女朋友来找猫，说误会了她，说原来蒋海都不认识她，就让好兄弟给揍了，还被全校的人围观。蒋海女朋友说："猫你真厉害，他俩从光屁股玩到大，从没动过手。"

猫对顾鑫也有愧疚，壮着胆去高三年级找他。

她刚进楼道，就看到顾鑫和一大帮男生打闹着玩，见到她时一脸的惊喜，扯着嗓门对她喊："嗨，找我？要断还是好啊？"

她瞅了一眼他的脸，吓得一溜烟跑了。

此后猫每天回家，都会在网吧台阶上看到顾鑫，两人就绕着学校后面的小巷一圈圈地走，也不记得说了些什么，但是时间好像过得飞快。

猫对我说，她记得有一次下雨，顾鑫把衣服从后面撑起来，把她和他一起包在了里面。两人脸挨着脸，凑得很近，以致她心跳很快，几乎不能呼吸，可是他却只是拍了拍她的头。

他说："我真㞞，连亲你都不舍得。"

那个夏天，顾鑫要高考了，高考前一晚，他在她家楼下学猫叫，等她探出头来，他对她说"A 市见"。

她点点头。

一个月后，顾鑫上了红榜，他考到了 A 市。

临行前，他把自己的复习资料都送给她，说："丫头，A 市等你。"

6

此后，他总会在 QQ 上给她留言，要她努力，也要她好好吃饭，好好睡觉。

她每次看到大篇的留言，都只回一句“知道了”。

他发视频请求过来，她都拒绝了，她怕自己看到他的脸会哭，她怕让他知道，她想他，她喜欢他。

她始终记得他耀眼的光芒，也记得自己的平凡。

她从不打电话给他，也从不主动留言给他。她对自己说：总有一天，我会如你一般耀眼。

那年的隆冬，他突然在 QQ 上说：下楼。

她谎称肚子痛，从教学楼一路狂跑出来，气喘吁吁地来到网吧，看到了他。

他一如从前帅气耀眼。

半年未见，两人在雪地里绕着小巷走了两个小时，她冻得全身僵硬，却还是听他讲了很多大学里的趣事。他说：“我这么优秀，竟然没有女生喜欢我，连一个表白的都没有。”他继续说，“嗨，你说是不是 A 市人不懂我的帅气？”

她在一边默默地听。

她也想与他讲讲自己，可高三的生活枯燥又平凡，没有他的日子，她全无乐趣。

停在去她家路上的最后一个街口，他问她：“丫头，你想念过我吗？你的回忆里有我吗？你……喜欢过我吗？”

看着他期待的眼神，那一刻，她真的很想上去抱抱他。可是她怔怔地看着他的眼，最终什么都没做。

她说：“好冷，回去吧。”

他静静看了她许久，说：“猫，我不再等你了。”

两个人对视了很久，最终她说：“好。”

连一个理由都没有问，她便转身独自走了。

过了很久，她才从别人口中知道，他那晚坐了几十个小时的火车特意回来看她，连家都没有回，又连夜坐车走了。

他回来只是因为想她了。

后来我问猫："或许那晚他在等你挽留他，或许他感觉不到你的喜欢，可你为什么要转身走啊？"

她眼底红红的，说："耀眼如他，我终究是留不住的，对吧？"

7

猫高考成绩不错，志愿填了A市一所大学。离开家乡的前夜，她第一次主动在QQ上留言给他，只发了一个列车的车次。

那日清晨，她踏到A市的第一步，看到了站台上的他，还有他的女朋友。

他们带她到处吃当地的小吃，逛了景点，玩了一整天。

分别的时候，他对她说："在大学里遇到好的男生，就考虑找一个吧。"

她说："知道了。"

此后，他与她很少再见面。

大学里，猫读了很多鸡汤文，文中说：高考是人生中最公平的机会，从此你的朋友圈便以大学为界限了，清华的男生会选择北大的女生，复旦的会选择同济的，人生的分水岭就此划开。

猫抬头问舍友："你们会和复旦的男生谈恋爱吗？"

她们笑着说："猫，做什么梦呢？现在的男生比女生还现实，拿着一手好牌的男生，谁不想谈一场势均力敌的爱情，况且名牌大学里有的是颜值高的妹子。"

猫淡淡一笑，不再作声了。

8 ●○ ○○

毕业一年后，猫从同学口中得知顾鑫在 A 市一家外企上班，收入高，前途好，身边的女朋友也换了新的，对方也是名牌大学毕业，与他是一对天造地设的璧人。

猫却依然单身一人，在 A 市找了份工作，每天拼命干活，月底的薪水却连房租都缴不上。她突然很是疲惫，想回家看看爸妈，便坐上回家乡的列车。

火车穿过隧道，手机信号断断续续，她收到他的 QQ 消息，他留言说他要结婚了，请帖寄到了她家。

她没有回复，在灯光明明灭灭的车厢里生平第一次哭了很久。

他结婚那日，她包了礼金托人带去。

深夜，她发了一条朋友圈，只对他一人可见：爱了你整个青春，今天终于可以放手了，你要幸福。

凌晨两点，她看到了他的回复—

我才知道，你爱我。

9 ●○ ○○

之后，她遇到了她的高先生。

高先生是一个高高胖胖，笑起来有点憨憨的男生。

他也曾在 A 市工作。他是在回家探亲的列车上第一次见到猫，发现猫在车厢卫生间里哭了很久没有出来。他原本想抽根烟就回去，却不知不觉在卫生间隔壁的过道里抽了一根又一根烟。

到站时是凌晨，他帮猫提着箱子出站，见她站在路灯下，只觉得她的身影孤独无助得让人心疼。他谎称手机没电，没办法联系接站的朋友，向猫借了手机。朋友开着车载着他和猫，从城市最东边到最西边，将她送回了家。

几天后，他发短信向猫坦白了自己借手机的目的，但猫没有回复。之后每天他都发一条说早安的短信，直到猫说原谅他，不在意他使计要到她的手机号，他才回她：那我可以追你吗？

猫结婚那天，高先生在台上把猫抱得高过头顶，热泪盈眶地说自己何德何能娶到猫。

我们一众女生在台下都哭花了脸，猫也哭了，她帮男生抹着眼泪，说："高先生，我从这一刻开始爱你，晚吗？"

我知道，猫说的是真心话。

她那颗从大学起就硬邦邦的心，还是被高高胖胖的高先生敲开了。

对于她来说，从前的爱情是遗憾的伤痕，而她的高先生是她一生的良药。

巧的是，猫现在也没有生宝宝，我们约定，到时候一起生宝宝，不论男宝女宝，她的就叫高富帅，我的都叫苏炸天。

高先生说："他们长大会恨你们的。"

苏先生说："小名，小名就行了吧，就别写在户口本里了行吗？"

SEHGNYU
SUIYUE

生于岁月

爱情到底有多奇妙呢？你又是在哪个瞬间对一个人动心？

在他叫你名字的时候，在他对着你沉默的时候，在她第一次对你笑的时候，在她对着你掉眼泪的时候……

这简直是全宇宙最没有定律的事了，对吧？

因为没人知道，因为连你都不清楚，你的心是何时萌动的。

不论是天雷勾动地火的一见钟情，还是细水长流的恋人未满，这种奇妙的情感从触发到滋生，都已经在心间经历了百转千回。

每一次靠近时的距离，每一次说话的语气，每一个沉默的瞬间，你或快或慢的心跳频率，所有细节都是你动了心的证明。

初识时，你会因为他的一个拥抱而默默欢喜很久；分手时，你却因为他同样的一个拥抱而痛哭不已。

一样的温度，一样的味道，一种是开始拥有，一种是从此失去。

爱情的奇妙，不在于你拥有或拥有过谁，而在于那中间的悸动、欢喜、甜蜜，与最终的难过。那些都是你走过的路、付出过的诚意、交付出去过的一颗心。

所以，上次的甜蜜有过就好。

所以，下次也请狠狠地甜蜜就好。

好巧啊，
乔先生

1

布妮觉得没有人比自己更衰了，首飞实习就遇上了强对流天气。

时值午夜，机舱很多客人都出现了耳鸣恶心的症状，一位客人出现了心悸的症状，布妮将他从后排换到了头等舱，可他的情况依然不见好转。

乘务长去请示机长，布妮蹲在客人的脚边，盯着屏幕上的心率图，努力劝导客人放松。

飞机再一次剧烈颠簸，布妮身子前后一晃，几乎要摔下去的时候，腰身被一只有力的手臂撑住。

布妮回头，扶住她的人是个长相清秀的年轻男子，一双眼在昏暗的机舱里泛着莹莹的光，她的心莫名晃了一下。

“多谢你。”布妮努力起身，那男子却顺势拉她一下，将她拉进了里边的座位上。

“系好安全带，我去看看。”男子起身向隔壁生病的客人走过去。

“哎先生，请您坐回座位上……”布妮站起来想阻止男子，却见他一边操作医疗仪器，一边问了病人几个很专业的问题。

“您是……”布妮有点吃惊。

“医生。”

布妮在听到这两个字之后，蓦地松了一口气。飞机依然颠簸，男子耐心地帮病人做着放松引导，她站在男子的身后，默默地伸手握住他的手臂，帮他稳定身形。

十几分钟后，病人的体征恢复正常，飞机也穿过了气流层。

男子回头，看向布妮握着他的那只手，抿嘴淡淡笑了。

“紧张？”他问。

“啊？没有啊！”布妮心虚地回答，“早习惯了。”

男子笑着抽回手，布妮这才看到他衣袖上她一直紧握的那一片已经湿透了。

“我……我是担心病人，幸好遇见您这位好心人。”她低头说道，脸莫名滚烫。

“我只是担心你。”男子淡笑，走回座位。

午夜的头等舱里一片静谧，只余几位客人的酣睡声，布妮回头看向男子的背影，心跳莫名地就停了一拍。

2

飞机在清晨落地布拉格瓦茨拉夫·哈维尔国际机场，布妮出机场已经是一个小时后，她和同事拖着箱子刚走出通道，就看到站在电梯边的他。

布拉格冬日清晨的光洒在他的脸上，尽管整晚没怎么睡，他依然眉目清明，挺拔得像棵松柏。

两人目光相接，彼此淡然一笑。她从他的面前走过，心里莫名地有些失落。

仿佛要失去什么重要的东西一般，她的脚步莫名地慢下来，之后她忽然回过了头，停在了距离他几米的地方。

“布小姐……”

“乔先生……”

她看到了同时转身的他，他听到了她准确叫出他的姓氏。

她有些懊悔开口，不经意泄露了自己查过他的旅客信息。

他迎着阳光，走到她的面前，笑容暖得仿佛能融化布拉格的寒冬。

“乔先生，其实我是实习空乘，这是第一次飞行，总觉得逞强骗了你很不应该，虽然我们可能没机会再见。”

“布小姐，其实我不是医生，只是学过急救课程，也觉得应该向你解释一下，虽然我们可能没机会再见。”

两人同时笑了。

“那，再见。”布妮轻声道。

“外面有些冷啊……”他没有接她的话，将目光转向旁边的机场落地窗。

“是冷……”她顺着他的目光看出去。

他转过头：“喝个早茶再道别？”

布妮笑着转过脸，将垂下来的刘海别回耳后。

“好。”

3

机场外的一间咖啡厅，布妮和他点了两杯拿铁，两人坐在朝窗的位置，几乎没怎么聊。

窗户的倒影里，布妮看着他清俊的脸、修长的手指，一切都是她刚好喜欢的类型。她默默咬着唇，一颗心跳得失了频率。

他偶尔会转头看她，也不说什么，等她感觉到他的目光，回看时，他依然望着她的眼，笑得很轻，很淡，像悠然吹过的风，让她的心一阵悸动。

咖啡厅暖气很足，空间里弥漫着咖啡的香味，捷克风琴乐曲让人莫名愉悦。

两杯咖啡见了底，布妮起身拿大衣和行李，他帮她拉椅子，两人的手指无意中碰触，他们望着对方，同时怔了片刻，才各自挪开手。

咖啡厅外，他帮她招手拦车，她坐进车里，原本已经到嘴边的酒店名称硬是被她咽了下去，只望着车窗外的他。

“要不要一起去查理大桥？”

他将左手臂上搭着的大衣换到右手上，望着她浅浅一笑。

“好。”

4

一月的布拉格游客稀少，查理大桥上覆着一层薄冰，布妮鞋底滑，刚放慢脚步，他的手便稳稳托住了她的手臂。

布妮回视他，感激一笑。

两人在大桥上走走停停，漫无目的地沿着河岸赏景，从清晨到傍晚，脸和身子都冻得失去了知觉，却似乎还有无尽的力气可以一起走下去。

“这里好美。”布妮感叹，“好希望多来几次，把这里的四季景色都看个遍。”

“那么，你有想一起再来的人吗？”他问她。

她转头看他的眼，眉眼弯成了月亮的形状，抿着嘴唇淡淡笑开，摇了摇头。他浅浅一笑，笑容中似乎夹杂了很多情绪，可她一时没有看懂。

夜色渐深，两人在桥下分别。布妮坐上出租车，看着站在车外的他。

“我们……那，再见了。”

我们还会再见吗？她原本想问这句话，可勇气临阵脱逃，她最终没有说出口。

看着她欲言又止，他似乎并没有那么多牵挂，只冲着车窗里的她摆摆手。

车子开走了，视线里他的身影越来越小，布妮久久地没有回过头。

窗外华灯初上，天空飘起了细雪，她的心却莫名地痛。

她飞快叫停了出租车，提着行李，飞奔在布拉格的街头。

请不要离开，请一定要等我，请你不要走！她心里急切地呼喊着，终于跑回到了那个街角。

细雪飘落，那个身穿黑色羊毛大衣的男子挺拔如树，站在路灯下。看着气喘吁吁的她，他偏着头，笑得灿烂如星。

他穿过车流，大步跑到她的身边。

“好巧啊，乔先生，我们又见面了。”她胸口不断起伏，笑着对他说。

“不巧，布小姐，在机场等你的时候，我已经预定了你那趟航班全年的机票……”

布妮怔住了。

“如果我们没有喝那杯咖啡，没有去那座大桥，天空也没有下这场雪，我们还是会在此后的岁岁年年里遇到……”

“乔先生……”

“陪你把查理大桥四季的景色都看个遍……布小姐，我想成为你愿望里的那个人。”

海中月 Hai Zhong Yue
Shi Tian Shang Yue 是天上月，
眼前人 是心上人

她承认，当她决定问他星座的时候，她对他的好奇就已经开启了。

开往千岛湖的大巴上，他坐在她的旁边，用一张纸巾把窗角、窗框擦得一尘不染。

他将用过的纸巾对折，再对折，最后塞进了垃圾袋。

她摘下一只耳机，侧过脸，问他："你是什么星座的？"

"天蝎。"他的声音隔着陌生的距离。

"竟然是天蝎。"她自诩星座达人，对他却看走眼。

她重新戴上耳机，一路上两个人再无交流。

大巴驶出隧道，视线里是层层叠叠的青翠山峦，掩在缭绕的云雾中，空气变得清新湿凉。

她不禁望向窗外，目光擦过他的侧脸。他的五官真是清秀，像青川溪流，像雪地月光。

大巴在千岛湖的码头停下来，她拖着行李去路边拦车，他在不远处打电话。

几分钟后，有车子来接他，经过她时，窗落下来，露出他的脸。

"去哪里？"

她说了酒店的名字。

他下车接过她的行李箱，放进后备厢，说："正好同路，送你过去。"

她入住的酒店就坐落在湖畔，湖景房里，推窗便见湖光山色。适逢梅雨季节，客人寥寥，有房价折扣很划算。

隔天她晨跑，在湖畔小路上又见他。他拿着一架相机，身子微倾斜，对着远方的群山。

她怔了几秒，决定佯装看不见。

从他的身后慢跑过去，脚尖落地的时候，她听到身后响起淡淡的声音。

“早。”

她回头，他握着相机的手垂在身侧，正对她浅笑。

头顶一片翠绿的树叶飘落下来，她心跳滞住，仿佛听到它落地的声响。

“你是什么星座？”他问。

“天蝎。”她答。

“我不太懂，有什么特征吗？”

她低头，浅浅笑了：“都说不懂星座的男生最不懂少女心，也最有可能专注痴心。”

“是吗？”他也笑了，拿起相机，“帮你拍一张相片？”

“好。”

他将镜头对准她时，她看到他右手小指上的一枚尾戒，银色的，刻着看不清的字母。

于是她将脖子里同样刻着字母的吊坠拿到了衣服外面。

午后下起大雨来，很多活动都只能取消。

她报的游湖团也延期，酒店外有几个学生召集人马去无人岛露营。

她报了名，去商务处租帐篷，再回来时，发现他也在。

十人位的快艇将他们送到无人岛。

雨势越来越大，一行人小跑着上了岛，鞋子陷在泥土里，每一步都走得辛苦。

“东西给我。”他从后面大步赶上来，接过她的背包，握住她的手腕牵她一起走。

沿着小路拾阶而上，无人岛的山顶上有个小小的亭子，一行人躲进亭子，等待雨停。

她的衣服湿透了，缩着肩膀站在角落里，身子打战。

他将一块毛巾盖在她的头上，又递给她几个暖宝宝，像熟识许久的朋友般搓热双手，捂在她脸上。

“你脸色很差，会不会生病了？”

她抬头看他，牙齿冷得打战，却还是努力笑了出来：“你果然是天蝎座，前一秒高冷陌生，下一秒热情熟络，转换得毫无压力。”

“也不是很准哪。”他嘴角弯弯，“至少你一直都停在前一秒。”

她扑哧一声笑出来，想起微博星座达人曾说过，两个天蝎座在一起，是相互掘坟。

在学生们的帮助下，他们晚餐吃得意外丰盛。亭外大雨瓢泼，亭里酒精炉煮着方便面，热气腾腾，也别有情趣。

雨在深夜才停，乌云散去，不久月光便洒向小岛。

大家忙着搭帐篷，她举着探明灯站在他的身后，看着他动作熟练地搭起两顶帐篷。

“其实有一顶就够了。”他将手搭在胯上，佯装叹息。

“泡面里加了兴奋剂吗？”她笑着回答。她与他也没有说些什么，可在这几个小时里意外地熟了起来。

一对天蝎的相爱相杀，这个定位还真是没错。

“晚安。”她站在帐篷外说道。

“有只青蛙。”他淡淡道。

她用灯照脚下，猛地跳脚蹦起来蹿到了他的身后。

何止一只青蛙，而是遍地。

“跳进帐篷了。”他依然声调平静。

“喂……”她紧扯着他的衣角。

“帮你抓。”他撸起袖子，挽起裤腿，弯着腰去追青蛙。她提着探照灯，拿起手边一个竹篓跟在他身后。

泥土湿滑，他每行一步都将脚下的泥土踩实，她循着脚印一步步跟过去。

两人追赶着青蛙到了一片寂静的深林。

“太黑了，回去吧。”她拉他。

“你有男朋友吧？”他没回身，问她。

“你也有女朋友吧？”她反问。

时间仿佛静止，他转回身看着她。

她拿探照灯照着他的脸。

“把答案写在地上吧，明早再来看。”

他默许。

隔天一早他们还在睡梦中，无人岛的管理人就挨个将他们叫醒。

暴雨预警，所有人要立刻离岛。

他与她收拾东西，搭乘快艇离开。

她和他的假期在这一天结束。有工作在等他，有实习在等她。

两趟航班飞往天空的南与北。

因为她的项链，他没问她的名字。

因为他的尾戒，她没问他的住址。

一场暴雨袭来，下了两天两夜。

千岛湖的绿植被冲洗清透，街道被洗刷干净，无人岛又一次回归了最原始的样子。

没有人看到那个深夜里，他与她背对背写下的字。

我分手了，你喜欢我吗？

我分手了，我喜欢你。

没有
灯红酒绿，
只是
四海为家

1 ●○ ○○

来曼城的第一周，布甜跟着学姐参加国内的同学会。

二月份的曼彻斯特小雨连绵，原本的户外 BBQ 临时取消，地点换到了一个学长租住的公寓。

学长在门口笑意盈盈地迎人，布甜局促得不敢看对方的脸，只听到学姐说："这是新生布甜。"

布甜茫然地点头，夏乔撑着门让开路，笑着说："不甜？我喜欢啊。"

布甜在茫然中抬头，正迎上夏乔的目光，那是一双闪着星星之光的眼，亮得耀眼。布甜心里"咯噔"一下。

学姐拍男生的背，说："你别乱开玩笑啊，布甜很怕生的！"

夏乔的目光没有移开，布甜的目光也没有躲闪，两人莫名对视了一会儿，之后他嘴角再次漾出笑意，眼角上扬，露出几条很漂亮的笑纹。

他对布甜很正式地伸出手，声音带着笑意："我是夏乔，夏天的乔木，不生，是熟的。"

布甜小心翼翼地伸手握上去，学姐"扑哧"一声笑开，戳着夏乔的手臂说："喂喂，夏乔你这笑容不对啊，哈哈哈，你完了！"

夏乔偏头眯眼看着学姐，布甜看着他的侧颜。

他皮肤白皙，浓眉宽额，鼻挺唇红，然后她的目光又定格在他那双仿佛洒满了星光的眼上。

布甜莫名吞咽了下口水。

学姐说错了，是她完了。

2

那天的同学会举行到很晚。

只有布甜是新生，其他的学姐学长都很熟络，嬉闹的时候尽管带着她，她还是有些慢热。后来她干脆退到人群后，抱着一包薯片慢慢吃，看着他们笑和闹。

虽然她和众人不熟，但她的目光总无意识地追随着夏乔。他话不多，笑着坐在人群里，偶尔目光也会滑向布甜。

每次对视，布甜都会飞快闪避，假装跟着别人弯腰大笑，心脏却快要跳出喉咙。

晚饭时，大家提议唱歌，选大家都会的歌，谁被抽到就必须唱。布甜怯场，趁着大家抽签时想从座位上溜走，椅背就被人摁住了，一条手臂挡住了她出逃的路。

“要溜？”夏乔含笑看着她。

“我……去接个电话。”布甜慌乱地回答。

“你手机在桌上。”夏乔声音软软的，笑容依旧，卧蚕深深。

布甜只好坐回来，此时正好轮到她抽签。

布甜硬着头皮伸手，众人看向她。

“抽到什么，我陪你唱。”夏乔声音不大，却像抛入深海的一颗雷，引得众人顿时尖叫起哄。

布甜抽到的是《勇敢爱》。

这是首并不热门的小情歌，众人都在一边加油，布甜结结巴巴地唱了第一句，然后从第二句开始，她身后响起了很好听的和声。

布甜没有回头，心却静下来了，她唱完女生部分，夏乔很自然地接起了男生部分。就像事先演练过无数次一样，两人配合默契纯熟。

“不知不觉我爱上了他，想方法去表达，勇气你在哪……”

“那么多路人甲，阻挡不了我对你爱的想法……”

一首歌在众人的起哄声、尖叫声中唱完，布甜的脸烫得像着了火，趁乱回头看着夏乔。

他也正好转头看向她，抬手轻轻拍她的肩，没有说话，鼓励的笑眼再次如璀璨的星星。

在这个笑容中，布甜的心脏有一瞬停止了跳动。

3

聚会后，布甜总是有意向学姐打听夏乔的事，得知他在留学生中超受欢迎，追他的女生排成几层楼。

学姐打趣她：“你是喜欢夏乔了吧？”

她心虚得要命，说话都结巴，情急中说自己已经有喜欢的男生了。

学姐一脸惊讶，连忙说道：“那你不早说啊……”

布甜没敢再聊下去，仓皇结束话题。

之后再逢同学会，她积极响应参加，却再也没有见过夏乔。她绕着弯问学姐，学姐只说夏乔在准备毕业试。

之后几个月里，教学楼，操场，图书馆，她的目光总在四处游走，寻找着那个熟悉的影子。

有时远远遇见了，夏乔会隔着人海对着她浅浅一笑，那个笑容仿佛是发射而来的糖果，让她心跳猛地加速。

她密切关注他的微博，前一秒看到他在球场，下一秒她已经飞奔过去，气喘吁吁地出现在看台，却还要强压着心跳装作偶遇。

他中场休息时走上来，拍拍她的肩头，递上一瓶水，只是看着她时浅浅一笑，一言不发。

有好几次，她都很想拉住他的衣角留下他，她只想和他多待一会儿，哪怕只是沉默相对。

可她不知道他的心意，不敢多向前走一步，更不知道每次的相视一笑中有多少是可以在一起的概率。

她发现自己对他毫无把握，但她知道自己已经深陷了。

4●○ ○○

时至五月，夏乔和学姐那一批学生临近毕业，要离开曼城了。

告别会依然是在雨天举办，比起之前的聚会，这一次大家都欢乐不起来了。喝完几箱啤酒已经是深夜，众人开始还强摆笑脸彼此加油，到了后面一个个就绷不住了，有几个学长揽着夏乔，低着头，默默流下了眼泪。

布甜看着夏乔的喉结一次次艰难吞咽，那双夺目的星星眼竟然红得彻底，她的鼻子也酸得厉害。

暗恋了三个月的男生要走了，而她却连过去告别的身份都没有，她才是更想哭的那个人吧。

她心里堵得厉害，没和任何人告别就离开了。

回学校的路上，她的眼泪落个不停，几次停下步子想扭头跑回去，但最终还是没勇气。

5●○ ○○

5 月 21 日，夏乔离校的日子。

她在微博发了一张空荡荡的球场的相片，表情是一连串的哭泣脸。

几秒钟后，她的微博多了一条图片评论，是一个泪眼蒙眬的女生坐在看台的相片，上面写着一行字：欠她一个告别。

她在泪光中抬头，看到了从球场入口徐徐走过来的夏乔。

他递了瓶水给座位上的她，手掌轻轻地放在她的肩上，笑容如初见时一般令人怦然心动。

她仰头看着他，眼泪簌簌而落。

“看到你，才觉得欠你的不只是一个告别……”他的声音带着让她失神的魔力。

“尽管知道你有喜欢的人，但还是想表白一次……”他的声音微微颤抖，眼睛仿佛载着满天星光。

“我……”他后面的话被她柔软的双唇堵住了。

“我是怕生的布甜，夏天的乔木，我喜欢你。”

东京有雾，弥漫以西

1

“那么，你有女朋友了吗？”

二十七岁的韩醒坐在咖啡店里，他和多年未见的朋友相约见面，闲聊时朋友问他。

他没有回答，目光落在橱窗外一个女生的身上。初春，她穿了件驼色的风衣，红色的粗线围巾一圈圈地裹在脖子上，手捧着一个纸箱，站在斑马线外怅然若失。

绿灯闪了几次，行人匆匆而过，她的长发被风吹得有些散乱，她却始终没有迈脚。

“我去去就来。”韩醒推开椅子，大步走了出去。

红灯亮起，女生像是失了魂般走出去……忽然，一只手从后面勾住了她的手臂。

“变灯了。”

她回过头看了他几秒后，露出一个极淡的笑容，推开他的手，道了声谢。

两人并排站在斑马线上，车尘滚滚而过。

“你……需要工作吗？”他看到她纸箱里是些零碎的办公用具，上面有些某集团的logo。那个公司与他的工作室在同一幢大厦，听说最近在裁员。

她慢慢地转过头，迷惑地看着他。

“我的工作室需要人手。”他将名片递出去。

名片上写着：私人高级家具定制—韩醒。

她捏着名片抬头：“可是我只会做接待，可以吗？”

他嘴角勾起，露出一个舒心的笑容。

“求之不得。”

2

他在东京学过六年高端家具设计和制作，用材主要是木料。

木头质感柔和温暖，是很多高端客户的首选。

他会根据客人的身高、体重以及日常所需，来设计家具的曲度、长短以及一切。

“一把简单的木制椅子，背部曲度决定人可以舒适坐在上面的时间。书房的椅子要求最高，其次是餐椅和其他。”她来工作室的第二天，他为她讲解展示厅里的那些作品。

他开这间工作室不过一年，成品大多已经售罄。她看着上面的价签，发现光一张书桌的价格几乎就是她几年的薪水。

“原来有钱人的生活是这样的。”她摸着深棕色的桌面，淡淡说道。

他淡笑，没有回应，带着她参观完了所有作品。

“今天就到这里吧。”他抬头看向窗外，才发觉夜色已浓，便一盏盏关上展厅的灯，将沉重的木门推开一条缝隙，走廊的光透进来，他问她，“住得远吗？要不要送你？”

她站在那缕光中，没有动：“你为什么会请我来？”

他轻笑：“那你为什么答应来？”

“我不能没有工作。”她答得诚实。

“我想再次见到你。”他亦满目真诚。

3

他第一次见到她，是几个月前。她总是很早到公司，他有时在工作室忙通宵，天亮时去楼下抽烟，返回时会在电梯里遇见她。

她经常手里拎满了外带来的咖啡，脸颊微红，一副走了很久的样子。

他靠在电梯的角落里看着她，当她的包带从肩上滑落的时候，他身子前倾帮她接住。她一脸狼狈地回头，眼中有感激，却没有说话。

出电梯时，她伸手轻扯他，递了一杯美式咖啡给他。

“你看起来很累的样子，多休息。”她嘴角微扬。

电梯门轻合。

后来的清晨，他总会在吸完烟后，在大堂里多停留一会儿，看到她来了，才佯装等待电梯的样子。

她依然带很多咖啡，脸颊通红。

她开始对着他点头问早，也特意多买一杯美式咖啡给他。

“又通宵了吗？”

“嗯。”

“多休息。”

“嗯。”

日复一日。

他从未问过她的名字，她也从未说过再见。

她以为，他们不会是天天都能见面的关系。

他却让这个关系成真了。

4

对于新的工作，她适应得很快。她发觉自己原来很喜欢木材的质感和味道，清新，有着柔和的温暖。抚摸着木头的纹理时，她会不经意抬头看向里边的工坊。

柔和，温暖，像极了那个人。

她的亲切为工作室迎来了更多的客人，有些名门豪绅看她的眼神中有着不一样的光亮。

他们约她共进晚餐，但她一一谢绝，说有了更重要的约会。

城市华灯初上，她走了很远的路买回粥和小菜，同他一起在工作室中一起吃。

两人的话都很少，通常会一直沉默，沉默中她会为他添上一杯热茶，他会用纸巾擦她唇边的残渣。

时光仿佛在无声流淌。

她在他身边，不知不觉度过了一整年。

5

有个大集团看中了韩醒的工作室，愿意投资给他扩大规模和提升品牌。

他没有理由拒绝，集团便派了一支专业的团队来做接待。

她被调到了贵宾部，只负责接待 VIP 客人。她忽然清闲下来，每当有客人进来时，刚想抬脚去接待，便已经有人走上去，接替了她的位置。

而他将更多的时间用在设计和工艺方面，在世界各地寻找合适的材料与配件，工作室来得很少，她已经有几个月没有见到他了。

大概，他已经不再需要她了吧。她在那张落了灰尘的办公桌上放了辞职信和一杯已经凉透的美式咖啡，之后离开了。

他当晚回来时，看到信之后赶去她的家。

房间亮着灯，门铃有人接听，却一直沉默。

他与她隔着门，各自靠坐在地上，整夜没有说话。

天亮时，他从门缝里塞进了一张机票，背后写着：我想再见到你，你会来吗？

地址是东京的某间餐厅。

6

东京。

他在日本的工作室在几天后落成，工作室的主人是她。

他宴请了所有参与项目的朋友，唯独留下了一个位置。

“那么，你现在有女朋友了吗？”开席前，有人用日语问他。

他看向餐厅的入口，许久许久后，一个熟悉的人影推门进来。

他嘴角轻轻勾起。

“现在，有了。”

曾想与你共余生

1

毕业那年夏天，秋梨和闺密夏爽约好去马尔代夫。大学期间两人一起恋爱，临到答辩又同时分手，一个劈腿，一个被劈腿。

浪得逍遥的是夏爽，苦海沉沦的是秋梨。

原本约定四人同去的马尔代夫甜蜜之旅，在夏爽的坚持下，变成了两个女生的失恋之行。

七月份的马代进了雨季，阿航转机价钱减半，酒店住四付三，秋梨揣着写稿攒起的积蓄登上了飞机。

夏爽在飞机上瞄上了一个空少，用四国的语言实力撩汉，在阿联酋转机的时候偷摸退了后半程的票，陪着空少又飞回了北京。

秋梨欲哭无泪，夏爽的爹是开金矿的，改签加酒店违约金，白花花的银子没了一大半，她舍不得，只能孤身继续飞。

落地马累，一个小时水上直升机再加四十五分钟快艇，秋梨在傍晚到达了岛上。

马尔代夫一如传说中美好，碧海银沙，蓝天白云，可是秋梨却连抬行李的力气都没有了。

舟车劳顿加上四十度的热带高温，秋梨觉得整个赤道都在绕着她转，也就是这时，常天来到了她的面前。

他先说韩语，之后换日语，见她一直表情迷茫，最后换成了中文："请告诉我您的名字，我帮您办理入住。"

他指了指自己的胸牌："我是岛上的中文接待，常天。"

亚麻肤色的他扎着小辫，穿一身热带椰树图案的短衣短裤，眉目墨黑，一双眼亮得让人无法直视。

秋梨混沌的心在一刹那好似透进了一缕光。

"常天，我叫秋梨。"她舔了舔嘴唇，下意识捋顺了被海风吹乱的长发，粲然一笑。

2

秋梨的房间免费升级到deluxe water villa（豪华水屋），如电影中一般，推门便是无尽的蔚蓝海水，透过脚下的透明地板能看到鱼儿游弋。

隔天，她在海鸟的叫声中醒来，手机里有一条提示，她和所有的岛上游客被拉进了一个群里。

群主是常天。

她点开他的头像，在明媚的晨光里看了许久，之后看到他发布了当日的岛上活动。

她从床上猛地跳起来，飞快地梳妆打扮，然后赶到集合地。

她报名参加了所有他组织的项目：清早冲浪，午后浮潜，黄昏垂钓，傍晚喂鲨。

岛上多是外国人，他们豪放热情，风趣幽默，秋梨与他们相谈甚欢，可她的目光却总是不由自主地跳过人群寻找常天。

客人们总是围着他问各种各样的问题，他也不烦不急，始终带着抹浅笑。几种语言在他嘴里无缝转换，思考问题的时候，他的眉头会轻轻拧起，让她无端想到了海螺。

是的，沙滩上一颗剔透又安静的海螺。

游客们无趣的时候，他会倚在船栏上唱首当地的小调；游客热闹的时候，他便退到人群后，眉目寂静。

他有时陪船长喝几口烈酒，有时望着大海出神。

她对这样的他充满了好奇，好奇他为什么会在这里工作，好奇他的外语是怎么学成的，好奇他不工作的时候会干些什么。

秋梨一时忘了她自己曾写过的句子—当你开始好奇一个人的时候，他已经在你心里了。

3

岛上第三天，秋梨点了一只八十美元的龙虾。

巨大的餐盘装着龙虾被端上了桌，秋梨手足无措，不知道要从哪里开始下口，眼前这只龙虾超出了她对虾的了解。

常天带着一桌新客人来到餐厅，看着与龙虾对视的她，他浅浅笑了。

他在她的对面坐下，细长的手指上下翻飞，轻而易举地将龙虾皮肉分离，将一块块鲜肥美的虾肉放在她的盘子里。

秋梨惊得下巴都快掉下来了，后悔没有拍照留念。

“请用。”常天擦手。

为了不辜负这双美手与这只巨虾，秋梨吃得盘光碗尽，虾脚直顶到嗓子口。

“你怎么自己一个人？”这是常天和她说的第三句话。

他也对她好奇吗？秋梨的心间溢出一点甜。

“被闺密放了鸽子。”她回答。

他点了点头，起身：“我去工作了。”这是他对她说的第四句话。

秋梨像被兜头泼了一桶水。

他对她的好奇，似乎只有一个虾尾那么少。

4

当晚，秋梨手背上长出了一小片红色的疹子，起先有些痒，她搔了几下之后，它们报复似的迅速蔓延至她的全身，直到将肚皮占领。

她犹豫了半天，在软件上点开了常天的头像，心跳加速，手抖着发出了一句话：我好像过敏了，可以带我去看医生吗？

她没有收到回复，他人却在几分钟后赶来了。

他说岛上的医生已经下班了，邻岛有间药店，他可以为她去买些药。

“万一买错了呢？他们不用看看我的症状吗？”她佯装慌乱。

他拿起她床上的外套，默许了她和他一起去。

邻岛比他们的岛要大好几倍，岛上设施也齐全，走了两条街后，他们找到了药店，药店老板说她这是典型的海鲜过敏，只需要吃片药片就好。

秋梨有些落寞，原本以为可以在这里耗得久一些。

出门的时候，她看到了岛上的快艇停渡时间。

她说来的路上看到很多飞虫，提议换个路线，常天自认对邻岛熟悉，便默许了。

然后，他们迷路了。

两人口干舌燥，秋梨在超市买了两罐漂亮的汽水，喝下去才知是酒。秋梨没怎么碰过酒水，半罐喝进去，人就有些晕。

夜色浓重，趁着酒劲，她握住了他的手臂。

“哪里不舒服？”见她面色通红，他连忙扶住她。

“如果我干了蠢事，你可以原谅我吧？”

“比如？”常天的话还没说完，秋梨就凑上前去吻住了他的唇。

这是个仓皇却真诚的吻。

几秒钟后，秋梨微微踮起的脚慢慢放下，心跳却依然激烈，她仰头看着他，醉眼迷离。

“我发誓，下一次遇见钟情的男生，会毫不犹豫地吻他。”

她喘息着，“我做到了，反正我们不会有明天。”

上一段感情，她就是因为温暾、因为木讷才会被抛弃。

她想要改变，不想再被辜负。

“反正我们不会有明天。”常天反复想着她的这句话，喉结滚了滚，似要说什么，但最终只是将她轻轻揽在了怀中。

5 ●○○○

第四天，秋梨身上的红疹消失，她昂贵的马代之旅也要结束了。

她佯装不记得昨夜的事，退房时亦对他笑得洒脱自在：“我要走了。”

他点头淡笑，为她办理退房手续，退还押金。

她与所有人挥手道别，却单单跳过了他。

“再见。”他主动说。

她摇头，笑了。不，不再见了。倘若昨夜他回吻她，或许她会有所期待，然而他没有，只是给予她拥抱，虽暖却又凉。

他提着行李送她上快艇，马达响起的时候，他的喉结上下滚动，但最终还是沉默了。

快艇开远，她点开了那个游客群，翻出他的微信，在对话框里写下一句话。

“我曾想过，与你共余生，在你为我剥虾的时候。”

之后，她退了群。

岛上，他看完了这行字，目光转向水箱里的龙虾，淡笑一下，笑容有几许落寞。

我也曾那样想过，在我为你剥虾的时候。他在心中默默念道。

我的志愿，

是——你、

1

傅温还记得第一次见到姜恬的场景。

那时他还是戏剧学院的老师，刚带完职业生涯中第一届毕业生，在操场和学生拍毕业照。

她就是那个时候出现在他的视线里。她背着一部单反相机，走走拍拍，当他看向她的时候，她的镜头也那么巧对准了他。

两人透过镜头对视，镜头里的傅温面容清俊干净，仿佛不属于这尘世，让她在恍惚中摁下了快门。

镜头那边的姜恬举着相机，双脚在草地上前后交叠，身后是满树葱郁的栀子花，他看着她，觉得空气中仿佛多了一丝少女的清甜。

少顷，有学生拉他拍照，有保安来催促她离开。他看着她徐徐走远，几步之后她转过身，指指相机屏幕，示意自己删掉了相片，之后对他颔首，轻浅一笑。低头的瞬间，她撩起耳边的发丝，他看到她一截光洁而雪白的长颈，说不上为什么，他的心莫名一动。

那一日，他竟第一次希望自己能够留在一个陌生人的镜头里。

2

滚滚尘世里，能再遇见一面之缘的人，这种概率有多大？傅温从来没想过，生活不是戏剧，遇见的概率可大可小，可他从不信缘分与注定。

三个月后，他在做新生接待，她穿着纯色 T 恤和牛仔裤，只背一个双肩包、一部单反相机，出现在他的面前。

“戏文系新生来报到。”她向低着头做记录的他说。人多又声音嘈杂，他没有抬头，她便微弓着身子，手肘撑在桌上，又说了一次。

抬目看到她的那一眼，傅温恍惚觉得在梦中。她对着他浅浅一笑，低头在表格上找到自己的名字，长发垂下，风吹过发丝，拂过他的唇眼。她的手指在纸上点点：“这里，姜恬。”

“傅温。”他兀自报了姓名，之后自己也觉得荒唐。

她有些吃惊，眉头微微蹙起，之后脸上露出明媚的笑容，对他伸出手：“你好，傅老师。”

他伸手握住她的手，淡淡一笑。

她又问：“我在您的班上吗？”

他点头，反问她：“你的第一志愿是这里吗？”

她先摇头，又点头。之后她对他摆摆手，离开了，走了几步，她又回头，微笑着躬身：“未来四年，多多指教！”

她的举止逗笑了几个迎新的老师，他却又一次目送她的身影在葱郁的树木中消失。

他生平最自信的便是自己出众的口才，那一日他却第一次懊悔自己的口拙。

“我们见过”这四个字，有那么难开口吗？

3

这是他带的第二届新生，戏文专业向来不乏古灵精怪的女生，班里堪比表演系学生的戏精也比比皆是。她们青春肆意，敢玩敢闹，敢在大课上公然向他表白，也敢在微信群组里发偷拍的他的相片。

有时，他忌惮这样明晃晃的青春。他还清楚记得自己求学的那些年，学子方正，师长威严，岂敢这么玩笑。可如今整个学院如此，他也只好慢慢适应。唯独她，一样的花样年纪，却从不逾规越矩，在教室或操场遇见师长，总会浅浅躬身。

这样的守规矩，让他喜欢，偏偏她的规矩，让他压抑。

师与生，山与海。

他从来不动声色，对她与其他学生一般无二，只有每次批改作业时，他的目光才会在她的作业本上停留许久。看着那些娟秀小字，他想到与她的初见与重逢。如今她如此真切地就在自己的眼前，他却依旧觉得恍惚如梦。

一梦，四年。

4 ●○ ○○

又是一年毕业礼，拍照，赠言，学生们哭着与他告别，他也微微眼湿。

送别会定在学校外的一家西餐厅，他来得稍晚，入座才发现学生们大多早已微醺。女生们拿着洋酒来敬他，他端一杯茶水回敬。女生们佯装生气，称四年来都想问他，是不是古代穿越而来的先生。他低头一笑，再抬眸时看到桌对面正望着自己的她。

她手握一罐啤酒轻轻摇晃，许是喝了不少，眼神有些迷离。他趁着旁人不注意，将一杯热茶推到对面，而他的小心翼翼让她笑开。

她拿过包包，在里边翻找了半天，翻出钱包，打开内夹推到他的面前。

他看到了站在树荫下的自己，表情淡淡的面孔，所幸有一道阳光透过树隙，洒在他的眉眼间，整个人才有了些生机。

他抬头重新看她，她指指自己，再指指他，手蘸啤酒，在浅木色的桌上写：我的志愿是你。

他看着这几个字，心在这一刻被震撼了。

她被女生们拉走去唱 K，他被男生们怂恿着以茶换酒。

西餐厅墙上的镜子里，他看到她在唱一首他从未听过的歌——《他不爱我》。

她唱着他听不懂的歌词，可字字句句让他的心尖莫名蹿过一阵钝痛。

他握紧拳头，刚想起身，男生们起哄称四年未好好尊敬过他，此时齐齐学着古人作揖，唤了一声："先生。"

这两个字在他心中落定，重如千斤。

5

三年后，她在各个剧组中一路跌撞前行，却依然没有闯出什么名堂。她投简历给一个个影视项目，都如石沉大海。有时候，她想念极了在学校的时光，那时大家都不必考虑生计，更不必与谁攀比成就，过得自在闲适。她渐渐觉得或许是她选错了戏文专业，也或许是她选错了北京这个城市。

可她从来没后悔过，她喜欢上那个人。

他是她相机里的第一个男人，从存下他的那一刻起，此后七年，她从未想过将他从相机里删去。

他是她隐藏在镜头里的爱人。

6

又是一年毕业季，车站成群的学生相拥而泣，拖着大件的行李越行越远。

她在北京住了七年，留下了青春与热血、信念与梦想，留下了一个爱不起的人、一个做不完的梦。

离开时，她能带走的，不过是一个双肩包、一部单反相机。

列车将启动时，她盯着手机，对自己说，随便来点什么，给她一个留下的理由。之后，手机“嘀”的一声响，是一封来自某个剧组的邮件，让她前去报到。

她激动地跑下列车，径直赶往信件里写的地址。

繁华 CBD 楼层里，她忐忑地等待着项目总编剧面试，之后门从身后被推开。

她转过头，看到了一张清俊而熟悉的面孔，他依然穿着简单，依然表情寡淡。

她却在这一刻泪盈于睫。

他走到她的面前，依然是七年前的浅浅一笑。

她看着他，徐徐开口：“姜恬，菜鸟编剧，前来报到。”

“傅温。”他缓缓握起她的手，“此后一生，请多多指教。”

梦入……少年丛，一去匆匆

1

布恬去公司报到的那天，正值公司全年最忙碌的时候。

听闻她擅长速记，主管都来不及给她分配办公桌，就递给她一张出差单，上面写着：锡林浩特。

布恬看着这个陌生的地名，脑子都是蒙的，下一秒她就已经被送到火车站，搭乘了一辆老式绿皮火车前往目的地。

隔天清晨六点，列车到达锡林浩特，车外下着小雨，布恬刚下车就打了个寒战。她缩着肩膀在出站口寻觅着出租车，手机此时响起来，是个陌生的号码打来的。

“你好……”

“看到你了，站在那里别动，我过来。”手机里传来很好听的男声，布恬怔了一下，目光扫了扫四周，一个身材颀硕、面孔清秀的男生大步向她走来。

“我是乔鑫，来接你的。”男生冲她微微一笑，雨珠从他的发丝上滴落下来，他将手里的伞打开撑在她的头顶。

或许因为他是这两天以来第一个对她微笑的人吧，她的心里温热起来。望着他清秀而俊美的脸，她甜甜地笑出来。

“你有伞，怎么淋湿了？”她问他。

“男人打什么伞，自然要把总部来的女生照顾好。你在这里等我，我去开车。”他刚想走开，布恬拉住了他的衣角。

“一起去啊。”她把伞撑在两人头顶，笑容明媚，“总部来的实习生没那么娇气的。”

2

当天会议在一家酒店举行。到达酒店后，布恬就忙碌起来，她做速记工作，大小会议都要跟进，往往来不及吃饭休息，下一场会议就已经开始了。

让布恬吃惊的是，不论大小会议，乔鑫都会参加，他不坐在重要的位置，不必发言，却似乎是个不可缺少的人。

可她甚至来不及打听他的职位，超快的工作节奏就让她吃不消了，加之有些发言人说话有地方口音，她在速记的时候就格外吃力，只能先模糊拼写上去。会议中场休息，她反复思考着那些发音，有人拉开椅子在她旁边坐下。

她回头，发现是乔鑫。

“总部来的这位女生，眉头皱这么紧，有事？”

“听不懂啊……”布恬做崩溃状。

“有录音吧？”

“有。”

“晚上我帮你。”

“你听得懂当地话？”

“哥什么不会？”乔鑫起身，手掌本想拍她的肩，似乎犹豫了下，最终放下，“加油。”

乔恬看着他垂落回身侧的手，说不清为什么心里会有丝失落。

3 ●○ ○○

最后一场会议在晚上十点结束，等从会议室出来，布恬人都虚脱了，敲打键盘的手微微发抖。等领导都离开，她从包里摸出一盒饼干刚想吃，饼干却被人抢走了。

“吃饼干怎么行，带你去吃肉。”

4 ●○ ○○

在市区一个很热闹的烧烤店里，乔鑫点了满满一桌子的烤串。

“尝尝，这里的肉味道特别好。”

布恬饿得顾不上谦让，他话音未落，她已经吃起来。

“对了，你是本地人吗？看你又不像。”布恬狼吞虎咽，还不忘问话。

“哪里不像？”

“长得比别人都好看。”布恬说完，自己也一愣，抬眼看乔鑫时，发现他正偏着头看自己。她顿时心跳如擂鼓，之后莫名打了一个嗝儿。

暧昧的气氛被这个嗝声打散，布恬偷偷呼了口气，将一个烤鸡翅塞进嘴里。突然一只手凑到了她嘴边，她的心跳再次顿住。她抬眼，四目再次相对。

他用纸巾轻柔地帮她擦掉嘴边的酱汁，眸子里的宠溺满溢，慢慢启唇。

他说：“明明没喝酒，可我怎么觉得你比全世界的女生都好看？”

那一瞬间，布恬咬着鸡翅，心跳都没了。

5 ●○ ○○

之后，两人就在烟熏火燎的烧烤摊听了整晚的录音。

凌晨三四点，她终于搞定了所有的工作，邻座的客人唱着蒙古族的民歌，声音悠扬婉转。她伸了个大大的懒腰，谢字只说了一个，就打了一个哈欠。

乔鑫笑了，用手掌揉揉她的头顶："不必了，回去睡吧。"

"睡三个小时，天亮又是一条女汉子！"布恬仰头看着乔鑫，"作为答谢，请你吃早餐。"

乔鑫依然只是笑着。

他将布恬送到房间门口，她突然想起还没问过他的职位，回头刚想问，他却已经进了电梯。

6●○○○

布恬刻意定了闹钟，清晨七点在酒店大堂等着他一起吃早餐。

可她一直等到快八点，同事陆陆续续从电梯里出来，才听说他有急事，连夜开车走了。

她的心顿时空落落的，看着大堂里来往的人，莫名地鼻子酸涩。

会议室里，对面的那个座位始终空着，写着乔鑫二字的桌签还放在那里。她盯着那里，久久地回不过神。

四下皆是陌生的脸，他走了，她甚至不知道还能和谁说话聊天，更不知能向谁问他的信息。他的职位、他的年龄、他的办公城市……布恬这才想起，原来除了他的名字，她对他一无所知。

两日后，会议结束，布恬返回总部。

之后时光匆匆，她用了五年时间披荆斩棘，在这间全球五百强的公司站住了脚，终于有资格查阅全国分公司的人事资料。当她输入乔鑫两个字时，屏幕上出现几十张相片。

陌生的脸，陌生的感觉，陌生的鼻眼，他们都不是他。

曾有那么一瞬，布恬怀疑他只是她的一个梦，也曾怀疑自己已经忘记他的脸。

然而记忆深处，她清晰地记得，那个男生从雨中跑来，发丝带着雨滴，有双清澈见底的眼。

而那人，叫乔鑫。

7

又是一年夏季会议高峰期，集团总裁将在东京、伦敦、纽约三地进行路演，行政部门只派一名员工随从，主管宣布那人是布恬。

众同事纷纷恭喜布恬，之后布恬踏上了飞往东京的专机。

东京路演顺利。庆功宴上，布恬和海外分部同事跟在总裁身后步入宴会厅，服务生推门，全场掌声雷动，主桌上一个人起身看向这边。布恬的眼眶猛地一热，脚下的步子都蓦地凌乱。她跟在总裁的身后，一步步靠近主桌，直到那人面孔完全清晰，她的泪水在眼眶中打转。

海外分部同事逐个介绍主桌成员，同事们依次握手致意，布恬却只是看着那人。那人与别人握手致意，目光却也始终投向她。

最终，布恬与他相对而立。

同事热情介绍："这位是东京路演事宜的负责人，五年前被紧急派遣来做筹备，过程十分艰辛……"

他打断同事的话，双眸紧紧地看着布恬。

他没有向她伸手，她也没有开口，只是她的眼泪终于簌簌而落。

“姓名乔鑫，职务海外部总经理，二十九岁，O型血，单身未婚……”他像汇报工作般对布恬说了一串。

“为什么不告而别？”

“因为舍不得。”

“为什么不联系我？”

“因为舍不得。”

“为什么说这么多？”

“因为想让你了解我。”

“我并不想了解你。”

“不了解，怎么当你男朋友？”

布恬错愕，泪眼蒙眬地看着他。

“明明没喝酒，偏偏梦里都是你。除了你，我没法喜欢上别人了。”

他伸手将她揽在怀中，手指穿进她的发丝：“我数三声后，你若是没有推开我，我就当你默许。”

“三……”她在他怀抱中轻语。

外面风大，来跟我回家

1

我知道一定会是这样的结果。

小荞和我说，因为她男朋友许绍刚找到实习工作，不能一起出去毕业旅行了。她央求我，一起报个旅行团去迪拜。

我毕业后没打算挤招聘会找工作，只想着回家先安静地写几年小说，把自己写空了再考虑去求职。

因此，对于闺密的请求，我这个闲得快要发霉的人完全没法拒绝。

八月底，我们报了从北京出发的台湾旅行团。在机场集合的时候，我看到了远远走来的小荞以及她挽着的许绍。

脑子空白了几秒，我强挤出了一个笑容。果然，小荞梦想中左手闺密、右手恋人的旅行阴谋就这么达成了。

那个烈日炎炎的夏日午后，我由文艺清新少女变成了一颗锃光瓦亮的大电灯泡。

航班在深夜起飞，我们乘坐的是阿联酋航空 A380 双层土豪飞机，我却没什么心思拍照留影。八小时的飞行，我全程装睡。小荞和许绍欢声笑语，我已经在担忧未来五天要如何熬过去。

迪拜时间凌晨四点，飞机落地。

我们第一晚入住 Atlantis 酒店，它坐落在迪拜最负盛名的棕榈岛上，有八百米的私人海滩，可以在房间观赏 Arabian Gulf（阿拉伯湾）的壮丽景致。

酒店大堂里，冷气足得快要把人冻僵，导游将全团完美交接给了地接沈麦，据说他是在迪拜留学的中国人。他二十五岁，个头足有一米八，短发，眉眼清秀，五官搭在一起有种说不出的俊俏。他有着麦色的皮肤，穿一件纯白背心和一条宽松的军绿色裤子，双臂满是肌肉，窄腰结实，完美的身形在这身打扮里显露无遗。

我听到了身后一个少女捂嘴尖叫的声音。我呼了一口气，若不是她抢先一步，叫出来的就一定是我了。

我对长相清爽、身形健硕的男生从来没有抵抗力。

他派发房卡给大家，最后只剩两张房卡，却还有等在原地的我、闺密以及她男友三个人。

“我自己一间就好。”我抽过一张房卡。按原定计划，我与小荞一间房，可现在这种情况，我自然是落单了。

“谢谢亲爱的！”小荞拥抱我，之后无比甜蜜地拉着许绍走进电梯。

我拖着行李箱走进另一侧的电梯，沈麦也进来了。电梯到达九层，我出去，他也出去。房间门口，我插卡开门，他停在我身边没动。

“有事吗？”我不解。

“名单上是我与许绍一间，你与白小荞一间，这上面并没有写他们要求同住。”他将一张纸举到我的脸前，“旅行合同看过了吧？单客要与地接拼床。”

他静立着看我，在等我的反应。

“我去把许绍换回来。”我推着箱子转身就走，走了两步又折回来，“我加钱，再开一间吧。”我怎么好意思去把一对情侣拆散。

“每晚人民币两千五。”

我化身石像。

他从我手里接过行李箱，走进房间，坐在沙发上，说：“床归你，我睡这里。不同意的话，给我信用卡，我去帮你新开一间，四晚大概是一万块……”

“同意！”我坚定点头。

2 ●○ ○○

说实话，我一点都不担心沈麦会把我怎么样。

以他的条件，在迪拜都是不缺姑娘的类型，而我自认没有让男生无法把持的美貌。

我略矜持地冲了个澡，换了身干净的衣服，避免素颜无神，又浅画了一笔眼线。等我从浴室出来时，他已经在沙发上睡着了。

凌晨五点，我爬到土豪酒店的大床上，明明困得眼睛都睁不开，可听着房间里有异性均匀的呼吸声，硬是一秒都睡不着。

我辗转反侧就到了早上九点。闹铃响时，他起床了，利落地洗漱，出去的时候轻敲两下门板，说：“半个小时后大堂集合。”

因为化妆，我错过了吃早餐的时间，还破天荒地穿了短裙，将第一天的活动是参观阿布扎比大清真寺完全忘在脑后。

上大巴时，见我风风火火地从酒店跑出来，沈麦浅笑。我从他身边经过时，他将一个汉堡塞到我的手里。

我怔怔地看着他。

“眼线歪了。”他终于没忍住笑出来。

“这是我的风格。”我一秒冷脸，从他身边走过去。

小荞在车里冲我挥手，见我就说：“你竟然化妆了啊，团里有你中意的男生吗？”声音之大，足以全车无死角传播，我恨不得捂住她的嘴巴。

“因为要自拍啊。”我胡诌个理由，目光扫向前排的沈麦，他正安静清点人数，目光对上时，我飞快地将脸扭到了一边。

明明没有怎么样，可我为什么会这么慌？

阿布扎比大清真寺。

这里是全阿联酋唯一一座对外开放的清真寺。攻略没做到位，以至于到了寺庙门口，我才知道男女都要包裹严实，绝对不能露肉。

我排在长队里去领衣服，一只手将我从人群里拉出来。不顾他人的眼光，他将一件黑色的纱袍给我套上，只露出我的脸。

“你为游客服务都是这么亲力亲为吗？”我看着他。

他淡笑，做了个噤声的手势，挥了挥手里的旗子，快跑几步去前面带队了。

小荞走上来，一只手挽着许绍，另一只手挽着我，嬉笑着说：“团里跟着妈妈一起来的那个男生也是刚毕业，我问过了，他没有女朋友，你要不要认识一下？”

我回头看她说的男生，清清瘦瘦，戴着厚厚的眼镜，一看就是学霸类型。

“不要，不是我喜欢的类型。”我很坚定地回绝。

“哇，你终于弄清自己喜欢什么类型了吗？”小荞一脸惊讶。

我看向在最前方带队的沈麦，阳光穿过大寺的拱窗映在他的脸上，让他整个人仿佛带了神祇之光。

“我也是刚刚知道。”

3

接下来的行程是参观民俗村和亚斯岛。

我被小荞拉着合影拍照，而沈麦留在车上没有下来，我与他便整个下午没有交集。

晚饭的时候，我才终于看到他。

团里的阿姨们将沈麦团团围住，要他晚上带她们到当地的夜市逛逛，我和小荞从他身边走过去，他突然伸手搭住了我的肩。

“一起去夜市吗？”

“啊？”我愣了两秒，“好啊！”

小荞看着我一脸慌张的模样，不禁哈哈大笑，她用手指戳戳我，一副“你被我捉到把柄”的表情。

在夜市逛到晚上十点，阿姨们便已经疲惫不堪了，回到酒店，我刻意在大堂磨蹭，待所有人都离开，才走进电梯。

他跟上来，手里翻转着房卡，淡笑道：“怕她们知道我们同住吗？”

我撇嘴。

“当电灯泡的滋味我很懂。”他靠在角落里说道。

我从电梯中的镜子里看着他。

“我最好的男性朋友和女性朋友变成了情侣，说好的三个人一起来这里留学，最后只有我自己来了。我觉得很孤独，就算毕业了，好像也没什么理由回国。”

原来觉得孤独的并非只有我，我在镜子里对他浅浅一笑，代表自己感同身受。

“明天晚上带你去玩吧。”他抬头，电梯恰好到达九楼。他从我身边走过去，手掌轻拍我的脑袋，“把白天没心思玩的地方，带你重玩一遍。”

他的身影渐渐消失在走廊里，直到电梯门重新合上，我才回过神来，急忙按着开门键挤出来。

我的一颗心，因为他毫无征兆的几句话，怦怦直跳。

4

我想我是喜欢上他了，没有一见钟情那么夸张，但绝对是丘比特射中十环那种。

接下来的几天，我发现自己的目光仿佛黏在他身上一般，除了他，我对一切都失去了兴趣。

哈利法塔、黄金市场、迪拜沙漠、公共海滩……每一个景点我都无心观赏。

我刻意放慢脚步，刻意说身体不适，刻意问东问西，都是为了可以留在他身边。

他也并非和团队寸步不离，有时送大家到了景点，他便会在外面等待。看着他和其他国家的导游们谈笑风生，在几种语言间转换自如、毫无压力，我内心对另一半的标准连提了好几个等级。

尽管我知道这份喜欢来得草率又鲁莽，也知道自己一次次的心动全无未来，但偏偏没有人能够为我喊停。

我想，喜欢一个人的心，可以打败所有的顾虑与退缩，可以撬动整个地球。

我依然与他睡在同一个房间，每晚听着他均匀的呼吸声，好希望时光就停在这一刻。

五天的行程，转瞬结束。

回国的航班在深夜。

当天自由活动，团友们大多去迪拜 MALL 购物。

小荞和许绍去了迪拜水族馆，我在酒店大堂发呆，沈麦走过来，用脚尖踢了踢我的椅子。

“走，带你去玩。”

我们又去了哈利法塔，坐在全世界最大的音乐喷泉前吃着冰激凌，身后的喷水声震耳欲聋，我们说每句话都要大声喊。

“我为你拍张照吧？”他扬扬手机，在我的耳边喊。

“我不上相的，不拍了。”我笑着喊。

一曲终了，他抬手看看手表，手掌放在我的头顶，将我的脸扭向喷泉：“等待惊喜。”

“什么？”我刚想问是什么惊喜，这个全世界最知名、最昂贵的人工岛上就响起了一阵旋律。在场的所有中国人齐齐转头看向喷泉，一个个脸上写满了惊喜。

“是张学友的《吻别》！”我站了起来，下一秒钟，眼眶就湿了。

“是迪拜在每天傍晚给所有中国游客的回馈。”他在旁边说道。

“谢谢。”我由衷道。

谢谢你给我的惊喜，谢谢你对我的照顾，谢谢你给我带来的一次次心动。

在最最熟悉的音乐声中，我握紧拳头，心中一股热流汹涌地蹿至头顶，然后我踮起脚吻了他的脸颊。

他微怔，之后伸出手臂轻揽住我，额头抵在我的头顶上，轻轻笑了。

“听说在迪拜当乞丐很赚钱，我留下来好不好？”我脑袋木木的。

“傻瓜。”他揉乱我的头发。

这是他最后对我说的话。天空中布满红色的晚霞，我对他最后的印象定格在了这一刻。

5 ●○ ○○

当晚，我离开迪拜。

小荞对此次出行非常满意，她意犹未尽地与我商量着下次出行的地点，说一定要找风光秀美的地方。

末了，她问我："你为什么不爱拍照啊？"

我淡淡一笑，没有回答。其实哪有女生不爱拍照，只是我独身一个人，不好开口烦求别人帮我拍照罢了。

在机场候机的时候，我邮箱里收到了一封陌生的邮件。

里面有几百张相片，是这五天里我在迪拜所有景点里的身影。相片中的我时而安静，时而微笑，时而在人群中急切地寻找着什么。

而每一张相片的右下角都有一个男生微勾起的手掌，仿佛在等待人来牵。

邮件的最后，只有一句话—

我好像找到回国的理由了。

SUIYU MINGYUN

碎于命运

回看这些小说的时候，我才发现我笔下的女主似乎都曾经历过一段悲伤的往事。她们会有这样的经历，可能与我小时候在亲戚家久住从而缺乏安全感有关吧。那时候，我觉得自己像一件行李，被爸妈随手安置在某一处，此后每一天，我都会在亲戚家的街口等着爸妈的身影出现。我用便宜的水笔画了一幅画，藏在床下，想着拿给爸妈看。吃到好吃的糖果，我也会忍着馋留两块出来，想让爸妈尝到它们的甜。我就这么盼望着、期待着，度过了无数个春秋。

我不敢说自己心里是完全没有怨念和委屈的。

长大后，我越来越明白爸妈当初的做法。比起姐姐病弱的身体，我缺少的只是陪伴而已，可她却可能随时从这个世界离开。

我理解，我明白，我也可以释然，但儿时缺失的温暖是无法弥补回来的。所幸它没有让我的性格有什么缺陷，也没有对我产生不好的影响，但内心深处的孤独与无助还是留下了烙印。我会时刻在心里提醒自己，不可以闯祸，因为父母不会来为我收场；更不可以任性，因为身边的人都不是至亲，我没有资格撒娇耍赖。在很长一段的时间里，我整个人都处于紧绷的状态，直到遇见了苏先生。他经历了我的猜忌、疑惑、不确定，用真诚和耐心温暖我的心，我才终于慢慢将自己的心门对他打开。

东京甜心

阅读背景音乐：Xun——《我是你的影子》

我可能对痞坏高冷的男主有种执念，每次写这种很拉风的帮派男主，都会很自然地代入马医生。男人穿着深色的长款风衣，戴着一双皮手套，墨镜架在鼻梁上，修长的手指夹根香烟，静静注视着某人，是我给马医生设定的小说形象，可每次代入他的脸时，我都会情不自禁地笑喷。

我不是没见过他深情时眼中让人心痛的光，可那也是我最不想见到的他的模样。

我宁愿他一直那么痞里痞气的，笑得像个太阳似的，没心没肺地停留在他最好的时光里。

1 ●○ ○○

若不是走投无路，萧恬心恐怕一辈子都不会走进草堂。

它分明是繁华大都市里一座富丽堂皇的大厦，却偏偏叫这么斯文古怪的名字，好像沾点书墨气，就能掩盖大厦主人是黑帮老大的身份似的。

傍晚，红彤彤的霞光映着萧恬心的脸颊，她站在大厦顶层全智能的花室温棚里，身侧是几十个穿着考究的黑衣人，清一色的平头、墨镜，鞋面铿亮，站姿挺拔威武，像两排整齐的树木。

十米远处，一个男子正慢条斯理地修剪一朵月季，他有着黑色短发，眉眼柔和，肤色白皙，侧脸轮廓惊人地好看。初冬天气里，他只穿了一件白色薄毛衫，却显得整个人更加清秀俊逸。若不是空气里弥漫着压抑肃穆的味道，她几乎以为他是个人畜无害的俊俏园艺师。

然而他就是穆御希一竹山帮的当家。

想到江湖中关于他的那些骇人的传闻，萧恬心的后背一阵凉，她下意识双手抱臂……下一秒就有两个黑衣人蹿到她的面前，将她整个人架在了半空中。

"喂！你们干吗？"她吓了一跳，墨镜从鼻梁上掉下来。为了来见他，她又何尝不是苦心装扮了一番？超黑墨镜，烈焰红唇，豹纹短裙加貂皮外套，还踩了一双细得能戳死人的高跟鞋一她也是堂堂青木帮的当家，怎么能输了阵势？

只是打从爸爸去年脑中风去世后，青木帮人心涣散，内斗不断，她继承父位爬上来，位置还没坐稳就被父亲的一些仇家威胁。

天天都有兄弟伤亡，万般无奈之下，她才壮着胆子来找穆御希，希望他能接收青木帮，确保帮里兄弟性命无忧。

这边的动静终于让那边醉心于花草的人抬起了头，一道疏淡的目光投过来，落在她的脸上。

“越南货？”他眉梢挑了下，露出一丝失望的神情，“品相越来越差了。”

他竟然把她当成了新来的接客妹！她按捺了许久的火气终于爆发，脱下一只鞋冲他狠狠扔过去：“喂！睁大你的狗眼好好看清楚，我是青木帮萧恬心！”

鞋子伴着一阵疾风向那人砸过去，那人微侧一下头，鞋擦着他的脸落到了身后几米处。

“怎么处置？”见这小丫头片子竟然敢动手，一直静立在一边的当家亲信乔羽沉不住气了。

那人倒是不见恼火，慢悠悠地走过来，目光在她的脸上停了几秒，从腰后摸出一把枪，在她面前利落地拆解开，之后放在她面前的桌上。

“二十秒，打中对面墙上的湿度表，任何要求都答应你。”

“你还没听到我的要求……”她终于落了地，说话还没找回气势。

他侧身让开射道，抬手看着腕表。

“组枪算什么，有本事换个别的……”她嘴硬，却分明是第一次见枪，声音都有点颤抖。

“1、2……”

这人是聋子吗？她也顾不上抵赖，从口袋里飞快摸出手机，用百度查找如何组枪……额头上有细汗渗出，她紧咬着嘴唇，一张俏脸上满是仓皇。

身后的镜子上清楚显示着她的手机屏幕，那人撇了撇嘴，挥手将她的手机扔远，转身向外走去。

“喂！你去哪里啊？我等你一个小时，你就不好奇我为什么来找你吗？”她扯着嗓子在他身后嚷。

他没回身，声音却留在空气中。

“青木帮我收了。她，拖出去埋了吧。”

2 ●○ ○○

深夜，郊外荒山脚下，几个黑衣人正在奋力挖着坑。

她被绑在树下，眼睁睁看着那个小小的土坑一点点变大。

手脚被绑，嘴巴也被堵着，她不能呼救也无法逃跑，手机也被那个坏家伙扔了，如今只剩死路一条了。

坑挖好了，乔羽走过来，撕开她脸上的胶带，拿出手机对准她，说道：“来，哭几声，越惨越好。”

“救命啊！杀人啊！我还不想死啊！我是青木堂的当家萧恬心，谁能帮我报警，我给你们一万，不，十万！”她扯着嗓子用力喊。

“不错。”乔羽一脸满意，扯着她的衣领将她拖到了坑旁边，摆好手机角度，将她踢进了深坑里。

有土从四面八方落进来，她睁不开眼，只能扯着嗓子继续喊……坑渐渐被填上，她只剩头还留在外面，也终于喊不动、嚷不动了，绝望的泪水一行行落下来……

“我不会放过你们的，一定不会放过你们的……”她声嘶力竭地喊完这一声，整个人就被掩埋了。

一个小时后，青木帮萧恬心在后山被活埋的消息传开了。

青木帮所有帮众从被窝里被揪回了帮会，帮会被一众黑衣人占领，一张沉木桌上堆放着一摞摞钞票。

一个身材颀长的男子站在帮会的牌匾下，地上的影子被月光拉得很长，他背对着所有人，抬了抬手。

青木帮的鎏金牌匾从高空中哐当落下，在地上断成了几截。

“从今日起，你们所有人归至竹山帮，有不愿意的，拿了桌上的遣散金，现在就可以离开了。”乔羽宣布道。

数百人将屋内挤得满满当当，无一人退出。

“那，以后是一家人了。”那人终于转回了身，嘴角噙笑，眸中闪过一抹幽光。

“萧小姐呢？她真的死了吗？”尚存忠义的帮众问道。

那人低头抿唇，不语。

“世上已经没有萧恬心这个人了。”乔羽的声音像一颗深水炸弹落入人群中。

众人哗地一下被炸开。

“按照道上的规矩，穆御希私自杀了萧恬心，便是公然挑衅青木帮的几大仇敌，那么此后他们要对付的人……岂不就是穆御希？”

“他为什么要引火烧身？”

众人的疑问中，乔羽也将目光投向了穆御希，这事也让他心生疑惑。

除掉萧恬心，收了青木帮，无疑惹恼了扬言手刃萧恬心的那帮大佬，一向独立行事的穆御希将自己变成了活靶子。

明明是独占鳌头的上风地位，他何苦沾这一身腥？

这中间的缘故，恐怕除了他自己，再无人知晓了。

3

八个月后，东京。

一辆加长的林肯车悄无声息地停在东京艺术大学的门口，直到有学生陆续走出校门，后座的一个男子才走下车。

樱花飘落下来，落在他米棕色的风衣上，他从口袋里摸出一根烟，埋头点燃，目光重新投向校门口。

许久后，一个穿着格子短裙的女生抱着书本走出来，看到他，脸上浮现一抹欣喜的笑容，雀跃地小跑过来。

“穆先生，这次又是以什么理由过来？”她双手背在身后，小腿微曲，笑意盈盈地望着穆御希。

死里逃生被送来东京后，这是她第三次见他。

第一次是烟火大会，她跟着同学前往秋田县雄物川河畔观看烟火，人群涌动之际她看到了他，孑然一身立在樱花树下静默地抽着烟。

第二次是春节，她在唐人街买了热气腾腾的包子，在深夜的街边孤独地吃着，抬头间，看到他立在几米外的街边，身子靠在车门上，手指夹根烟，目光疏淡地看着她。

这是第三次，每一次她都习惯问他为什么而来，也已经习惯了他的避而不答。

或许是有什么重要的事？或许是来追杀什么人？或许……是跨越千山万水来见她？这么想着，她的心里涌起一阵莫名的甜。

“带你去见一个人。”他依然是万年的冰山脸，将烟掐灭，带她上车。

车子驶入街道，车内弥散着淡淡的烟草香，女生转脸看着身侧的穆御希，他颀长的身子靠在座椅上，两道乌黑的长眉微蹙着，越发显得鼻高唇薄，眉目冷冽桀骜。

他的手随意地搭在皮质的扶手上，修长而白皙，是一双有着十足艺术细胞的手，然而她却想起了八个月前的那个深夜。

在她气息奄奄之际，是这双手挖开厚厚的沙土，让她死里逃生。

她口鼻里满是沙土，眼睛无力地睁开，只看到清冷的月光下，他亦是满身沙土。

他看着气息尚存的她，长长地呼了一口气。

她知道她活下来了，之后像是卸了最后一丝力气，晕了过去。

她被送到了一个地下黑医馆。

昏迷中，她隐约感觉到有人为她擦脸，为她按摩麻木的身子，还有人枕在她的手臂上熟睡。

可等她醒来，却在一个暗室里。床前空无一人，桌上只有一张卡、一张飞往东京的单程机票、一张大学录取通知书，还有一本除了她的相片，其他信息完全陌生的护照。

为什么她要去东京？她的帮派怎么样了？穆御希呢？他在哪里？他为什么要救她？

她光着脚走出房间，空气里混杂着消毒药水和糜烂的味道，空荡而昏暗的医馆里却没人能回答她的疑问。

当晚有人来接她，送她去机场。

“你们是竹山帮的人吗？穆御希他人呢？”她问他们。

他们将一部手机交给她，里边只有一条信息：你的命是我的，活下去，等着还债—穆御希。

她握着手机轻轻笑了起来，从前听到穆御希这个名字，她只觉得后背一阵凉，可如今不过短短几天，这个名字却像一道光投进她心里。

大概这世上没有什么比在九死一生时出现的人，更能撬开人的心。

还你的债，我义无反顾。

登机前，她回复了信息。

飞机冲上漆黑的夜空，一条新闻正在机场、车站、广场的每一个大屏幕上滚动播放。

“竹山帮当家穆御希遇刺，现正在抢救，生死未卜，疑因接纳青山帮而遭到青山帮仇敌追杀……”

一天后，这则消息莫名从所有媒体上消失。

“萧恬心……”重症室身负重伤的穆御希刚清醒过来，便问乔羽。

“已经到达东京，她的踪迹没人知晓，安全了。”乔羽回答。

他的喉结上下缓慢地滚动，心中沉沉的重担放下了。

“她离开了，再也没什么可担心的了。现在，我们是不是可以反击了？”乔羽问道。

病床上的人下巴微抬，黑眸幽深如水，手指攥紧：“一个都不要留。”

4 ●○ ○○

银座的顶级日式料理餐厅，包间里全景落地窗设计。华灯初上，整个东京灯火璀璨，夜景尽收眼底。

一名穿着和服的男子已等候在那里，一室檀木香气，茶水已温。

萧恬心跟在穆御希身后落座，解下围巾，手掌捂着茶杯取暖，眼睛不禁看向对面那人。

他大概四十多岁，脸庞清瘦，虽是笑脸，可目光透着一股子看穿人心的光亮，凌厉，带着狠劲。

“萧小姐，你好，我是久田拓。”他开口，中文出奇地好。

久田。她顿了一下，万万没想到对方是日本第一大帮久田会的会长。她有点慌，下意识地看向穆御希。

“久田先生很喜欢中国书画，你的画我给他看过了，他想请你留在身边多多指点。”穆御希慢饮一杯茶，热气袅袅间，他的脸忽地让她有点看不真切了。

她再笨，也听得懂留在身边是什么意思。

这就是她要还的债吗？她转脸，一直看着他，试图找到答案。可他只是低眸饮茶，吹散杯中漂浮的茶叶，一张脸无波无澜。

“我可以介绍更好的老师给久田先生。”她四两拨千斤，明知拒绝意味着什么，却还是将这太极推了回去。

“我想萧小姐最适合。”久田依然坚持。

“穆先生觉得呢？”她再次望向身侧的人。

“的确适合。”他不看她，答得毫不迟疑。

原来……原来……

原来他手指混着沙与血挖她出来，原来他不顾得罪众多大佬帮她暗度陈仓，原来他拼了血与命收了她的青木帮……只是为了今天，将她变成礼物献给日本第一帮会会长。

她慢慢放下茶杯，将厚重的外套脱下，只剩里边一件单薄的小衫。日式青灯下，锁骨清秀，胸前傲人风光若隐若现，她泼掉茶水换上清酒，绕过木榻依偎在久田的身侧。

“今后，多多关照。”她仰头饮尽杯中酒，眼睛再也没有瞥过穆御希一眼。

穆御希也换了清酒，与久田先生推杯换盏，包间外有日本民歌森山爱子的《恋酒》响起来，曲调中有着淡淡的忧伤与哀愁。

屋外这曲，眼前这人，恍惚让他想起很多陈年旧事，旧到其他当事人都已经遗忘，只有他还耿耿于怀。往事如坚硬的刺，如锋利的刀，如他光辉岁月中一道隐藏在心上的伤痕。

却因为有她，那些往事的苦涩中多了一味甘甜，弥足珍贵，至此难忘。

这一晚，他似乎醉得特别沉。

离开餐厅时，他目送着她上了久田的车。车子从繁华的市区呼啸远去，他突然觉得东京的夜不知什么时候变得这么凉。

呼呼的冷风，仿佛在他的胸口破开一个洞。

“这么做，您日后会后悔吗？”乔羽将风衣搭在他的身上，声音低沉。

“我怎么样不重要。”他裹好风衣，直到车子完全从视野中消失，他才跌跌撞撞地走到街边，俯身用力呕吐起来。

他十年不曾饮酒，他是人头随时擦着刀锋而过的人，不敢醉，也不屑于借酒买醉，可是今夜他却生平第一次想一醉方休。

几大帮会的人将后山挖遍，没有找到萧恬心的尸首，他们怀疑是他藏匿了她。不出几日，他们便会找到这里来。天下之大，他却没有能藏她的地方。

他想到了久田会，只有让她投入久田拓的怀抱，她这条命才能真正保住。

“乔羽，原来我还是不够强。”酒店落地窗前，他穿着浴袍，手里轻晃一杯红酒，看着眼前的东京街景。

“有没有想过，久田会或许也可以改姓穆？”乔羽站在他的身后，手指向城市一隅，那依山傍水之处正是久田会。

穆御希握着酒杯的手紧了紧，之后回头瞥向乔羽，嘴角轻轻勾起。

“你说得对，那就改吧。”

5 ●○ ○○

久田拓待萧恬心极好。

她说不喜欢住在帮会中，他便在东京给她找了一间公寓。她说还是学生，想重新住回学校，他便也依她，只在周末才接她到家里。

武士道，下棋，茶道，书画，他与她相隔二十岁，却志同道合，很多爱好不谋而合。久田拓这般能搅弄乾坤之人，却唯独待她如稀世珍宝，相处几月有余，连她的手指都不曾动过。

她与他的相处日益随意自在，她也见过他与手下商谈公事的模样，面上无风无浪，手段却威严狠辣，可即便是这样的面孔也不会让她生畏。

有时她恍惚会在久田拓的脸上看到另一个人的影子一他像

极了她故去的爸爸。

渐渐地，她会讲一些儿时的事给久田听。别苑溪水潺潺，石径清幽，她与他坐在石亭里，赏着明月，煮一壶热茶能聊一整夜。

有时他们会到富士山下的别苑，他坐在石屏后，她裸着身子泡在温泉中，手指划过暖暖的水，手臂脊背上的一道道旧伤会隐隐发痛。

她从池中走出来，赤脚裸着身子走过石屏。氤氲的雾气中，她面色桃红地站在他面前。

“我会让男人动容吗？”她双目似含了水光，问他。

久田拓只是笑，拿浴巾上来将她包裹好，说：“山上风大。”

她的泪便毫无征兆地落下来，久田拓越是这样温柔待她，她心里便越是怨恨那个人。

他会将她拱手送人，必然是知道她有过人之处，或是美貌，或是聪颖，可纵使是这样，他还是狠下了这个心。

可见他的心中半分都没有她。

她的腰身慢慢弯下去，哭得难以自抑，久田拓只是揽住她的腰，一言不发。等她哭够了，他才缓缓问：“那些伤，跟他有关吧？”

他，穆御希。

她从不曾对任何人言及，十二岁那年，她被卷进一宗帮会老大集体被杀事件，被关在一个阴冷潮湿的地下室七天七夜，遭受了非人的折磨。

周身被鞭笞，被火烫，被电击，被不间断地凌辱……她都始终没有供出那个人的名字。

七天后，她被爸爸救出时已没了心跳，在医院抢救了数个小时，才从死神手里被抢救回来。从那日起，爸爸用尽所有手段招兵买马，让青木帮从无名小帮迅速崛起，用三年的时间把所有参与那次行动的人赶尽杀绝。

即使惹遍了所有的帮会，爸爸也义无反顾，他只想为女儿报仇雪恨。

那些年，她的双眼里布满了血腥与杀戮，每一天都看到满身是血的父亲，可不论死伤多少，代价如何惨重，她始终没有说出那个人的名字。

因为她承诺过他，也曾笃定地信过他。

可是她的信任，终于只是换来了他一再的绝情。

十二岁那年，她拿着他亲手递给她的包裹走进竹山帮的大堂，一阵天崩地裂般的轰响后，她成了杀害几个帮会老大的凶手。

九个月前，他用一张单程票送她到东京，她怀揣着少女的心事重新靠近他，却在一顿云淡风轻的晚饭后，被他推进了久田会会长的怀中。

她，是时候死心了吧。

“会长，你可以娶我吗？”她双眼含泪地看向久田拓。

他的亡妻生前热爱国画，可惜病发突然，一幅富士山日出的画还没有画完。他一直在寻找与妻子画风相近的人，直到穆御希送来了萧恬心的画，仿佛冥冥之中早有注定。

他已经想余生都留她在身边。

因此，“好。”已过不惑之年的久田会长在这样一个夜里，如同情窦初开的少年般，应下了她的条件。

6 ●○ ○○

订婚宴在月底举行。

收到邀请函时，穆御希久久地站立在草堂里，一颗心仿佛生生被风化。

“久田走私军火的资料已经收集齐了，有这些把柄在手，他的好日子到头了。您打算怎么做？”乔羽从外面走进来，将一沓资料放在桌上。

他没有动，将邀请函也放在了桌上。

乔羽眉头蹙起：“萧小姐……她是真心想要嫁吗？”

穆御希低头沉沉叹息，沉默着。

“不论萧小姐是不是出自真心，您都已经有了取代久田的资本，做，还是不做？”

穆御希走到窗边，拿出手机发了一条信息：这个亲，我抢还是不抢？

对方隔了很久才回复：与你的人生，我看不到未来。而久田，我仿佛一眼看到白发苍苍的那天……不如祝福我吧。

他快速输入了几个字，之后将手机扔到一边，拎起外套向外走去。

“订最快的机票去东京。”

桌上手机的光亮慢慢变暗，一行字却还清晰可见。

“可我白发苍苍的那天，你必须在。”

东京久田会。

下人们正在悉心装扮着庭院，萧恬心坐在草坪的椅子上，手里拿着一本婚纱画册，可思绪却早已被手机里的那条短信打乱。

他总有这样蛊惑人心的能力，不论她多么坚定地抵御着他，他总能铁马冰河般侵入，让她的防线一再溃散。

久田今天一整天都在书房，看来有什么重要的事需要打理。

她从午后呆坐到傍晚，华灯初上，用人来喊她试订婚的和服，她才走回大厅。

厅外有车子开入庭院的声响，她走出去，却见久田已经在庭院里了，而他面前是隔了数月未见的穆御希。

他带着手下浩浩荡荡地前来，带着豪礼，向来严肃的脸上也有了淡淡的笑意。

她站在大厅中央，看着他一步步走来。走到她面前时，他停下来，目光扫过她的全身，嘴唇抿起，伸手勾着她的腰将她拉至身侧。

“和服不适合你。”他低声道。

她推开他，怔怔地看着他，察觉到他身上的杀气，手指攥紧，对他摇了摇头。

不论她嫁不嫁久田，这里都不是他穆御希能闯得过的。

“我想试试。”他目光笃定道。

“你想要什么？”她嘴唇在动，却毫无声息，“权力？钱？你都已经有了。”

“你。”他亦以口型回她。

她心里一刹那乱起来，伸手扣住了他的手腕：“不要。”

他扯开衬衣的领口，向下扯一点，左胸膛一个枪眼触目惊心。

“就算枪口对着我的胸膛，我也不会错过你第三次……”他推开她的手，擦着她的肩走过去。

她仓皇地回头，看着他的背影一点点消失在长廊里，她的心猛地提起来，脑子里混乱一片，手足无措。

原来他都记得，所有的一切他都记得。

十二岁那年，他用一朵魔术纸玫瑰获取了她的心，之后她听他的吩咐，假装花童将重型炸弹藏匿在竹山帮的大堂，炸死了当晚在那里议事的三个帮会的老大。

而那其中包括穆御希的叔叔，他杀兄夺位，终于得到了应有的报应。

她很快被那些帮会的手下抓到，他们施暴七天，她一直期盼着他能来救她，可他从此以后再也没有出现过，直到她痊愈出院，听闻十六岁的他继承了竹山帮。

坊间有传闻说他胸口曾挨了一枪，才换来了她被关押的地点，说子弹距离心脏和大动脉不足一毫米，他险险地捡了条命。

可这毕竟是传说，而爸爸前去救她时也并未提过这事，她便从来没有当真。

然而刚才那个枪伤那么真切地摆在她的眼前……原来他并没有抛弃她。当她在死神手里挣扎时，他也曾命悬一线。

她撒腿向久田拓的书房跑去，长长的走廊似没有尽头的梦境，她只觉得整个脑子都是麻木的。终于到了书房外，她刚要推门……

一声枪响划破了别苑的宁静。

她愣在门外，手搭在门上，却失去了推开门的力量。

7

有人从四面八方涌过来，门被推开了，久田在座位上吞枪自尽，桌上有一份遗书，除此之外，房间里再无他人。

穆御希……她推开涌入的人群，奋力跑出别苑，后院的草坪上，穆御希正在神色淡然地点一根烟。

“这是怎么回事？”她跑到他的面前。

见到她，他的脸上终于有了丝疲惫的笑意：“他的一些事关性命的资料，我送到了国家高层手里。这样的结局，对他来说或许更体面。”

“你做这么多，到底是为了什么？”她一脸的惊恐与不解。一件件自相矛盾的事，她真的完全看不透他。

他一根烟始终未点燃，目光淡然地看着她，避开了她的问题：“久田把帮会的继承权和财产两者之一留给了你，你可以任选其一，他自愿的，这一点我没想到。”

他的语气有些踌躇，他开始怀疑自己这么逼死久田是否做错了。久田是真心对待萧恬心，或许嫁给他，才是她更好的归宿。

“穆御希，”她走近他，双目直视他，又问一次，“你做这么多，到底为了什么？”

“为了还债。”他低头点燃了烟，火光照亮了他的脸，“十年前，那起爆炸案，我欠你的。”

原来，这才是真正的答案，因为她是他的债主。

她摇头笑开，笑得泪水肆意流淌下来：“好，好……我们终于不相欠了。”

她转身跑开，背影在夜色中消失。

他坚持了许久，这才用手捂住了腰间的伤口，血液早已浸湿了他深色的西装，顺着裤子淌了一地。

久田让出帮会的继承权，吞枪自杀的最后一个要求是：让萧恬心的爱人成为一座墓碑。他到底没有那么豁达的心胸，不爱他的女人，他也不会让别人得到。

穆御希强撑着身子向着不远处的乔羽和手下走去，每一步都走得艰难，脚下血流成河，他终于失了最后一丝力气，倒在了草坪上。

远处，乔羽带着人飞快地跑来……

8 ●○ ○○

久田吞枪身亡的消息仿若被关在笼中的鸟，连他的府邸都没有传出去，帮派全体便已经被下了封口令。

隔天的报纸统一口径：久田患急病离世。

久田会数百年的传统一不论前任会长有无子嗣遗孀，继承人都只遵照遗书。萧恬心的权力来得凶险，但她也稳坐如山。

一周后，久田拓出殡，场面宏大，名流政商云集在寺庙，庙宇前一名女子身着黑色和服，头戴白花，仿若遗孀。

虽还不曾嫁久田，可她终究以久田遗孀之名，送他这最后一程。

此后新人登位，就算表面上风平浪静，也总有暗流涌动。为了这个位置，有太多人牺牲，她无法扔下这浩荡的人群甩手离开。

她原本只是想着等安定一些，便退了位置，然而总有接踵而来的事让她焦头烂额。

这一推，便是三年。

她也曾私下派人打听过穆御希的消息。

那日久田拓身亡后，他的亲信发觉枪中的子弹少了两颗，一颗他吞饮，另一颗查遍整个书房都全无痕迹—那么它的去向，只能是穆御希。

几日后，有人在草坪上看到了大摊的血迹，他们说失血这么多，那人恐怕是活不成了。

那日她站在楼上的阳台上，看着下人们冲刷那些血迹，来来回回洗了几次，草间却依然流淌着红色的血水，只觉得心疼得仿佛被生生撕扯开。

她在书房里燃了一盆炭火，白色的纸钱撒了满屋，之后盘腿坐在地板上。火光映着她通红的眼底，她用力咬着手背，眼中的泪水落了一阵又一阵。

手被咬到一片青紫，她却始终没有哭出一声。

穆御希这个名字从此再也没有在江湖上响起过。

一连数年，他生死未卜。

后来她吞并了很多帮会，包括那些曾扬言要除掉她的，却独独留下了竹山帮。

她想着只要它还在，那人不论在不在这世上，都会有一丝慰藉吧。

每隔几年，她的手下总会带回一些消息。

有的说他失血太多，死在了日本海。有的说他入了关，便被仇家除了。也有的说，他了却了一生所愿，厌倦了刀光剑影的生活，去过隐姓埋名的日子了。

不论这些传言孰真孰假，每年清明之际，她祭奠久田后，总会前往海边，身后站着浩荡人马，黑裙黑纱对着大海撒些鱼米。

那个男人，她爱了十年，也痴迷了十年，如今能做的，也无非以一把鱼米祭奠了。

9 ●○ ○○

一年后，竹山帮选了新任当家，上任那日，当家递了请帖给她。

新当家是个沉稳的年轻人，原本无须给他捧场，可萧恬心还是去了。

在帮派中看到那人的脸时，她恍惚间想到了一个人的脸。

一样的神色疏淡、不苟言笑，可眼前这人却远不及那人，不及那人英俊，不及那人威武，不及那人的万分之一。

她没有参加宴席，轻车简从去了很多故地，弄堂、鱼市、酒馆……也去了当年那间黑医馆，她曾在这里起死回生，如今再来却是另一番滋味了。手下将医馆围得密不透风，她在一个昏暗的房间里坐了许久许久。

那里有一个老式的监控摄像头还在吱吱地运转着，她无意中搜到了她在这里那几日的视频。

鼠标拖动进度条，那间陈旧的病房里所有的往事便如昨日发生般一一呈现。

她静静地躺在病床上，有个男子每隔几个小时便帮她揉捏全身，帮她梳理头发，帮她擦洗。她靠营养液为生，他也茶饭不思，任凭桌上的饭菜凉了又凉。

她看着男子昼夜陪在她的床畔，有时熬不住了，会轻轻伏在她的手臂上睡去。

她还看到他拿着一根细细的绳量过她的手指，几个小时后再回来时，手里便多了一个小盒子。他从里边拿出一枚闪闪发光的钻戒，轻轻套在她的手指上，唇畔挂着淡淡的笑容。

她的眼泪终于在这一刻砸落下来。

屏幕上的画面依然继续着，似乎是有外人入侵了这里，他匆忙将她藏进了暗室里，慌乱间，戒指从她的手指上脱落……

他出去协同手下与那些人厮杀在一起，最后全身负伤，被手下冲破重围带离。

她走出监控室，回到了当初那间暗室，在地上寻找着那枚遗落的戒指。

身后有脚步声响起来，她没有回头，还在继续寻找，直到一个熟悉的点火的声音响起来，她才猛然停下了脚步，木木地转回身去。

昏暗的光线里，一个男子身材颀长地站在阴影里，手指间的火光明明灭灭，仿佛带着某种蛊惑的力量，让她一下子分不清这是幻境还是真实。

“在找这个吗？”他展开手掌，那上面一枚戒指让她的泪水再次泛滥。

“埋了我，又救我，为什么？”她决计这一次要问个清楚。

“为了把你的仇敌转到我的身上，送你走。”他答得坦诚。

“把我送到久田手里，为什么？”

“因为我还不够强。”

“这么多年，你去了哪里？”

“一直在这里。”

“在等什么？”

他走过来，牵起她的手，嘴唇抿了抿，试探地看着她：“当初的尺寸，不知道是不是还合适……”

她没有说话，只是怔怔地看着他。

戒指轻轻套上她的手指，他轻轻挑起她的下巴。

“我不习惯回答问题，但这一个我会回答你。”他的脸慢慢贴近她，唇瓣落下来的同时，他说了一句话—

“我在等与我一起白发苍苍的人，而那人，必须是你。”

祝我从此幸福，祝我枯萎不渡

他出现在她落选的夜 ●○ ○○

朴夏烈这个名字，她最早是在公司的新人名册里看到的。

黑色的一本册子，厚厚的，里边塞满了全世界来这里寻梦的年轻人的名字，朴夏烈这个名字在其中并没什么特别，连附带在资料里的两寸正照也毫无新意。

他留着圆寸，小麦肤色，鼻子高挺，唇瓣很厚，穿着一件白色衬衣，未扣颈间的两粒扣子，露出两截深凹的锁骨。

若说有不寻常，也唯有他那一双眼，很深，仿佛是透不进光的宝石，透着沉沉的光。

她第一眼便觉得他的样子和神态有些眼熟，似是故人。

那是 2013 年的夏天，她大学中途退学，怀着一腔孤勇来到韩国 JS 公司，报名参选演艺练习生。因为外貌还不错，她顺利通过了初选，在帮老师整理资料时，看到了新人手册里的他。

可没想到，两人真正的碰面却整整晚了半年。

2014 年初冬，JS 公司 800：1 的竞赛环节里，朴夏烈凭着舞蹈功底和卓越的明星气质脱颖而出。

公司宣布结果时，全场新人起立，万千的目光投向台上的他，他却只是简单地深鞠躬，连笑容都不见一个。

她成为 799 个落选者之一。

竞演结束，他的代理经纪人邀请所有选手一起聚餐，他则曲腿斜靠在走廊墙上，耳朵里塞着耳机，静静地翻一张歌单。

她窝在角落里看着他，真人比相片要更帅气些，却也更冷漠，仿佛只是距离他五米都会被冻成冰。

但不可否认，不论身高、样子还是气质，他都是韩流未来之星的不二人选。

她婉拒了聚餐，独自离开公司。听到街道上女生们的欢呼，她才感觉到雪片落在脸上的凉意。

2014 年首尔的初雪，热衷于每一个节日的韩国民众三三两两地聚在一起拍照留念。她绕开那些热闹的人群，前往不远处的明洞夜市，在简陋却温暖的帐篷里点了拉面和清酒。

她刚要开动，对面猛地多了个人影，那个人动作利落地卸下了口罩、手套和帽子，用韩语说了句“谢谢招待”，端走她的面碗就吃了起来。

她看着眼前的人，目瞪口呆：“不是为你办了庆功宴吗，怎么还来抢淘汰者的一碗面？”

他吞下嘴里的面，微抬了下眼，将一张韩牛烧烤的餐券推到她的面前：“当是面钱了。”

“中国人？”她微怔。

“朝鲜族。”他一口吸进去了半碗面，偶像包袱全丢，看样子是饿坏了。

她将餐券收到口袋里，来韩国一年都不知道韩国牛肉是什么味道，有了这张餐券也算能圆满告别了。

“祝您吃得开心。”她说了敬语，拿着包站起来。

“初雪，不许愿吗？”他那张俊俏的脸依然埋在面碗里。

“希望能出道，可听起来像笑话，不许也罢了。”她苦笑道。

“喝杯酒再走吧。”他拿起清酒，为两个杯子续满了清酒，也不管她，兀自与她那杯轻撞一下，“Blue 女团还少一个中国成员，我推荐你了，明天去面试吧。”

她一脸茫然。

他饮下整杯酒，之后拿出手机拨了一个号码，电话接通的一瞬间，她的手机响起来。

她看着手机上的来电号码，一脸的惊诧，这个号码总在深夜响起，已经被她标注成了骚扰者。

可这个号码的主人怎么会是他？

他也不解释，径直拿过她的手机，输入数字。他将手机还给她时，通讯录里多了两个号码。

“上面的号码是韩代理的，你明早联系他。”

“你怎么会有我的号码？还有，这第二个名字好怪，朴恩人是……”她满脸疑惑地望着他。

“是我。”他将面汤都喝得一口不剩，起身裹好衣服，又将口罩、帽子、手套统统戴好，走进了纷飞的大雪中。

她还在原地发着呆。

走了一半，他转过身，手里多了一张便利店攒积分的贴纸，用力挥了挥，喊道：“苏茸，努力，不要给我丢脸！”

所谓前缘早有注定 ●○ ○○

因为那张贴纸，她的记忆被扯回了三个月前。

她租住的屋子对面有一间小小的通宵便利店，店里时常会发一些贴纸，集齐十个积分，便可以换购一个玩具。

她对这些不感兴趣，总是出门便把贴纸丢进垃圾桶，可每一次贴纸都被一个七八岁的小男孩捡走。

她问过店员才知道，小孩叫焕宇，因为生病，所以没办法上学，常常用客人丢掉的贴纸来换玩具。

从那以后，她总会帮焕宇兑换玩具，也会问他的家人在哪里，为什么总把他一个人放在便利店门口。

每当这时，他总是缩在角落里沉默不语。

她以为他受到家暴，打算报警，却被店员阻止。他们说他父母多年前遭遇了意外离世，但他有个哥哥，待他很好，只是时常不在。至于他为什么从不讲话，店员们却只是摇头。

她想帮他，便将自己的名字和电话写到了贴纸上，让他转交给他哥哥。

可她等了许久，也没有等到来电，却会在每天凌晨三四点钟收到几通骚扰来电，她将那个号码标注成了骚扰者。

现在想来，焕宇的哥哥应该就是他了，练习生总是凌晨三四点才收工，他便只能在那个时候打给她了。

所以，他是在报答她给他弟弟换玩具吗？想到这里，她不自觉地笑了，这应该算是好心有好报吧。

可因为对方是朴夏烈，她觉得这个巧合仿佛带了某种冥冥中的禅意，突然就对未来有了一丝丝的期许。

她听从他的安排，联系了韩代理。因为有了他的举荐，她只是简单展示了几项才艺，几天后便收到了正式加入 Blue 的通知。

她去公司找他，打算谢谢他，顺道约他一起用掉那张优惠券。

一间全封闭的舞蹈室里，他戴着鸭舌帽，穿着全黑 T 恤和哈伦裤，正穿插在十几个伴舞者之间练习走位。

她抬手看看时间，下午五点一刻，练习快要结束了，便在门外的长椅上等他结束。

时间慢慢过去，她等得无聊，不知不觉就靠在墙上睡着了。等她再醒来，舞蹈室的音乐声停了，灯也熄了，只有走廊一盏昏暗的指示灯亮着，四周寂静得让人生寒。

她猛地站起来，却听到身后有声音淡淡地响起来："醒了？"

她回头，长椅旁边的地板上，一个男生戴着耳机，单腿屈膝而坐。

"你怎么会在？"她惊呆了。

他起身，摘掉一边的耳机，抽走她手里的那张优惠券，径直向前走：“不是来约我吃饭吗？走吧。”

此刻，就是我的理想

深夜十一点的烤肉店已经没什么客人，老板正在收拾桌椅，准备打烊了。

他在最角落的位置坐下来，把菜单上所有的肉类都打了钩，又点了两瓶清酒。

“点这么多，很贵的。”她拿过菜单，将他点的一样样又画掉。

老板笑呵呵地走过来，他的中文很流利：“没关系的，他是我侄子的好朋友，我会给折扣的。”

原来如此。她将菜单递给老板，目光扫过店面，看到了墙上的餐厅证照。

餐厅的法人代表是个年轻男子，二十岁出头的样子，名叫尹勋。

“哎，这个人和你长得好像啊。”她指着相片道。

“是我的好朋友，野生动物摄影师。”他没有抬头，拿起杯子轻啜一口清酒。

原来这家店是他好朋友开的，难怪老板说可以给折扣了。

“那叫他一起来啊，这一桌子菜我们也吃不掉。”她热情地提议。

“他不在首尔。”

“哦。”看他态度淡漠，她便收起了好心。

菜陆续上桌，两人一餐饭从深夜吃到了午夜，店里灯光熄了大半，老板也已经回去了，把关店的活交给了他。

她喝了不少酒，一直在说感激的话。而他整晚话都很少，只是负责烤肉，再把整块的牛排分剪成小块，夹到她盘子里。

“喂，朴夏烈，苟富贵，勿相忘！”她面颊通红，拿着杯子去撞他的杯子，“你接下来要走的路，就是我的理想啊，我这一生的理想啊。”

“很晚了。”他去收她的杯子。

“你的理想呢？是什么？”她目光迷离地看着他。

他低头看看桌上的手机，嘴角勾了勾，没有回答。

墙上的钟已经指向了凌晨两点，一盆炭火燃尽了，他将桌子整理好，再回来，她伏在桌上喃喃自语着。

“你住哪里？”

他轻晃她的肩，却被她反握住了手臂。她摇晃着坐直身子，眼睛盯着面前的这只手臂。

“朴夏烈，你当练习生之前，是做什么职业的？”她用手指在他的手臂上戳了戳，“这一个个的伤疤是怎么来的啊？难道你是打手吗？”

他也看着那些深深浅浅的伤疤，脑中却是一片空白。他真的不记得了，大概从前他的生活十分辛苦吧。

窗外飘了雪，雪片落在窗上，融成了水滴，慢慢滑下。

她已经睡熟了，他熄灭了店里的灯，背着她离开。

雪夜的空气清新而潮湿，雪片落在脸上一阵沁凉，他背着她走在街上，无意中看到花店橱窗倒映着他和她的身影。

他停下步子，看着那个倒影，嘴角再次轻轻勾起，轻声道："此刻，就是我的理想了。"

忽然，他的脑海里闪过一个画面。

一个男生揽着他的脖子，站在几百人汇集的演播厅外，穿过人潮指着一个戴着红色毛线帽子的女生。

"她就是我的小红帽，我一定要成功出道，之后就去向她表白。"

"喂，到时候我结婚，你会当我的伴郎吧？焕宇就当花童好了。"

"哈哈哈，当你爱上一个女生时，你就知道原来做个有她的梦都会觉得幸福。"

那人是谁？为什么他的脸会这么熟悉？

他的头突然痛了起来，脑海里浮现的画面在一瞬间仿佛被击得粉碎，那些带着声音和影画的碎片飞向了未知的黑洞中。

他的意识也仿佛被那个黑洞吞噬……

这时耳边响起一阵轻鼾声，仿佛无形的手，将他猛地扯回了现实。背上的人脑袋耷拉在他的肩上，睡得鼾声四起。

他深深呼一口气，收紧领口，将身上的人也夹得更紧一些，继续走起来。

他不是我哥哥 ●○ ○○

睡梦中仿佛有什么糊在脸上，她拼命地搓揉，之后猛地醒了过来。

她听到了身侧一阵努力压抑的笑声。

清晨的阳光透过窗户洒在她的脸上，焕宇正拿着一个毛绒玩具伏在她的面前。

她扶着脑袋努力回忆，猜到是朴夏烈收留了醉酒的自己。

她起身揉揉焕宇的脸，左右张望："你哥哥呢？"

焕宇摇摇头："他不是我哥哥。"

"傻孩子，不是你哥哥是什么？"她笑道。

焕宇跑出去，抱着一本相册回来："这里面才是哥哥。"

她疑惑地翻开相册，里面是朴夏烈从小到大的相片。看得出来，他还真是从小帅到了大。

她看到了他的大学毕业照，手指抚摸过相片上他的脸。他站在最后一排，如现在一般沉静。

"这个才是哥哥。"焕宇拿起她的手，指向了旁边一个男生，他重复，"朴夏烈，哥哥。"

"什么意思？"她被焕宇搞糊涂了，相片上的两个男生样子是十分相似，但眉宇间的感觉是不同的，同样俊俏的外表下，一个安静沉默，一个笑容灿烂。

"现在的哥哥做梦时会哭，说是他亲手害死了哥哥。"焕宇脸上出现了怯怯的表情。

"焕宇，你到底在说什么？"她双手握着他的肩膀，刚想继续问下去，却听到了开门的声音。

朴夏烈提着早餐进来，大概是刚晨跑回来，他面色微红。

"焕宇，和姐姐一起吃早餐，一会儿带你去看医生。"他放下早餐，走进浴室。

看医生？她追到浴室，在他关门的时候卡在了门口。

"焕宇生病了吗？"

他用手撑着门："爸妈发生意外去世时他在现场，心里有了创伤，这两年他一直在接受心理治疗。"他顿了下，"没别的问题，我就洗澡了。"

她站在门口没有动，依然盯着他。

他低头，再抬头时目光中多了一分无奈："他是不是对你说了奇怪的话？"

他走出去，从抽屉里取了一份报告，是权威医院出具的儿童臆想症证明材料，上面显示焕宇已连续治疗二十一个月。

她心里莫名松了一口气。

"现在，我可以洗澡了吗？还是要一起？"他双手撑在浴室门框上，将她圈在了里边，眼神刻意换成了暧昧。

"洗啊，去洗！"她从他的胳膊下钻出来，飞快逃跑。

隔着空间的温暖 ●○ ○○

她的出道前练习生涯在几天后开始，生活突然像是上了发条的机械钟，让她片刻不得喘息。

每天十八个小时的训练，连吃饭都要严格限时，起初几周是声乐和舞蹈的专业培训，几个月后还有仪态和表演课程。

公司的要求，会细致具体到练习生的每个表情和眼神，甚至是笑容的角度。

她与其他的九个女生，仿佛经历了身体的一场拆解与重塑。

她很少再见他，分明是在同一幢大楼里，她与他却似乎没有什么相见的理由。

有时来公司早一些，她会在大堂等他，之后装作不相识，与他挤进同一个电梯。

每次他们都赶上高峰期，人们会蜂拥进电梯，将窄小的空间挤得密不透风。每当这时，他会靠过来，用手臂为她撑起一个小小的空间。

从一楼到她所在的楼层，电梯走走停停也不过是几分钟的时间，在他的臂弯里，她希望时间可以走得慢一些。

辛苦又艰难的训练中，她总会收到他的关怀。

总有老师特意来她的练习室，说受了朋友的拜托，会多教导她几节课程。

每次她出错挨骂，被大家埋怨的时候，总会有外卖小哥带着咖啡或是素炸酱面过来，也说受人之托，希望大家多多照顾她。

队友们都在猜测她身后有什么大人物，帮着她空降女团，又照顾她生活。

可是，只有她明白他的意义。他以这种方式陪伴她度过了每个孤独无助、内心惶恐的时刻。只因想到他，她的心就会变得温暖安稳。

然而公司有严格的制度，同为练习生的异性不可以交往密切，而他是重点发展艺人，身边更是筑起了铜墙铁壁般。

为了不给他带来困扰，她从来都不会同他讲话，甚至连视线都不敢多在他身上停留。

他似乎明白她的苦心，有时在茶水间或者录音棚遇见，擦肩而过的瞬间，他都会轻轻握下她的手，又很快松开。

她的心仿佛被什么拧痛，甜蜜的背后是一阵荒凉。

她能体会到他同样隐忍在心深处的感情，这份感情让她感激，让她欣喜，却也让她怅然若失。

在一次次擦肩而过的瞬间，她好想握住他的手不放开。

她好想他可以开口对她说些什么，随便什么；她好想知道他过得好不好，辛不辛苦。

她第一次对自己的坚持和选择有了悔意。

公告板前，他出道的时间进入了倒计时，她总会于夜深人静时在他的相片前站很久，看着那上面的数字一天天变少。

她知道，当上面的数字变成了零，她与他或许真的会分处两个世界。

他来陪伴的新年夜 ●○ ○○

转眼到了中国的农历新年，公司给了中国籍练习生一周的假期。

这一年的首尔经历了前所未有的寒潮，气温低到零下九度。

街上的行人都脚步匆匆地赶回家，尽管都捂得严严实实，可一个个口中还是呼着白色的雾气。

她没打算回国过年，这个时节往返的机票够她两个月的生活费了，她打算好好享用一顿美餐来犒劳自己。

她去了那家韩牛烤肉店。

大概是天冷的原因，原来生意萧条的店里竟然爆满，人声鼎沸。

她坐在一边等位，目光无意中扫过墙上的留言板。

很多来光临过的客人都会在这里写下心愿，有些还会将相片贴在这里，约定好几年后再一同前来。

情侣们的相片一张压着一张，她反正有时间，便帮忙整理起来。

在最下面的一层，她发现了一张心形的相片，拍摄日期是四年前。

相片上是一对相貌很般配的年轻人，女生甜美，男生的脸却让她猛地怔忡。

她赶紧翻过相片去看背面的寄语，是男生的笔迹，意外的是，竟然是汉字。

“徐恩雅，你这一生都是我的人。—尹勋”

原来是尹勋，她长长地吁了口气。他们这对好朋友实在是长得太相像了。

四年了。她嘴角微扬，这一对大概现在已经结婚了吧。

一个小时后，等到了位置，她正要点餐，面前就晃过一个人影，接着菜单就被抽走了。

她抬头，对面椅子上多了个戴着墨镜和围巾的年轻男子，看样子是一路小跑赶来的，胸口还在起伏，剧烈地喘息着。

“朴夏烈？”她满脸惊喜地看着他，怀疑自己是在做梦。

“所有的肉类都来一份。”他将菜单递给了服务生，摘下墨镜，对着她淡淡一笑，仿佛冬日里一簇熊熊燃起的火焰。

“还有一周你就要出道了，公司肯放你出来？”她压低声音问道。

“总不能让你一个人过新年。”他推给她一杯滚烫的热茶，见她不动，便拉过她的手，帮她握住杯子，“这样会暖和一些。”

她心间有滚滚热流涌向全身，每根血管神经仿佛都跟着温暖起来。她的目光停在他的脸上，诚心地道了句：“谢谢你陪我过新年。”

“有什么新年愿望吗？”他静静地看她，“都会帮你实现的。”

“我想去南山公园。”

“好。”他不加思索地答应。

深夜的南山公园。

他们在山脚下等待缆车，山间风冷，她环抱双臂，在原地跺着脚，嘴唇打战。

他掀开一侧的大衣将她裹在了怀中，在他的怀抱中，她的心快要跃出胸口，如每一次在电梯、茶水间、录音棚里，他带给她的悸动。

而每一次，她的心都怦怦直跳。

缆车到了，窄小的空间里，他与她相依而坐。他的手臂依然揽着她，整个首尔城在他们脚下慢慢变小，成了一团团模糊闪烁的光影。

山风剧烈，每当缆车在风中晃荡时，他的手掌都会微微用力，将她揽得更紧。

她转头看着他的侧脸，他颈间是清新好闻的皂香味，那味道竟让她有点晕眩。

是爱情吗？她咬着嘴唇想，心头甜蜜满溢。

到达山顶时，映入眼帘的便是那一树一树密密麻麻的南山锁，一把把色彩斑斓、形状各异。

“南山锁……”她缩在他怀中，仰头望着他笑，“终于见到了。”

“要挂一把吗？”他低头看怀里的她。

“啊，不用了……”这一切都来得太不真实，她下意识就选择了拒绝，可下一秒便后悔了。

她是喜欢他的啊。

她是想要他共挂一把同心锁，想要和他在一起，直到地老天荒的啊。

“我去去就来。”他松开她跑出去，再回来时，手里多了一把南山锁。

“真的可以吗？你要和我一起挂锁吗？”她鼻子酸涩，若不是山风大，她的泪水差点落下来。

“你记不记得你曾问过我的理想是什么？”他拿出手机，按亮了屏幕，“一个理想已经实现了，这是余下的那一个。”

屏保是一个女生的侧影，她戴着红色的毛线帽子，站在万千人中，咬着手指，满脸紧张地盯着一块大屏幕。

“这是……我！”她瞪大了双眼，“这是我两年前第一次来公司参加海选。”

“对，那天公司公布初选名单，你咬手指的样子让我一眼记住了你。”他浅浅笑着。

“我记起你了，那张素描画，对不对？”她终于明白自己觉得他熟悉，是因为两年前的初选比赛后，他追到公司外面，给了她一张他在纸巾上画的她的素描画。

他的脸上却出现了一丝迷茫：“什么素描画？”

她打开包包，从钱包里拿出一张纸巾，小心翼翼地打开：“这个，是你画的吧？下面的签名很潦草，我一直认不出是什么字，现在终于认得是朴夏烈三个字。”

他恍惚了一下，盯着画看了许久，却摇了摇头：“我不记得了，不如我们先去挂锁吧。”

原来他已经不记得了。她心底有淡淡的失望，这张纸巾上的画，是她来到韩国后收到的第一份礼物。

她把这当作这个陌生国家给予她的善意，才会珍藏到现在。

不过，这并不重要了。她与他这段奇妙的缘分，已经足够让她幸福久久了。

他和她相依在南山塔下，在锁的两面各自写下了寄语，牵着手一起将锁挂到了栏杆上。

她看着这把锁，心里只觉得这一切恍惚得像一场梦。趁着朴夏烈去买热咖啡，她想多拍几张相片留念，将他写的那一面翻过来时，她猛地怔住了。

那上面的那行字，在那个寒冬的夜里让她的心跳忽地停止。

而那个签名，让她的心坠入了无尽的黑暗中。

她知道，原来整件事，都错了。

他是深渊，她也会纵身跃入 ●○ ○○

她重新去了那家韩牛烤肉店。

找到留言板上的那张相片，她把那张相片和手机里南山锁上的字迹进行比较，之后眼泪毫无预兆地落下来。

“徐恩雅，你这一生都是我的人。—尹勋”

“苏茸，你这一生都是我的人。—朴夏烈”

除去名字不同，中间那句话，每字每笔都如出一辙。而南山锁上的朴夏烈三个字，与她当年收到的纸巾素描画上的，完全不同。

那个送他素描的朴夏烈，与现在的这个，根本不是一个人。

随后，她从老板那里听到了所有的事情经过。

朴夏烈与尹勋是数十年的同窗好友，都是从中国迁来韩国的，关系便一直很亲近，两人的样子也很相像，很多与他们同期的学生常常认错他们。

朴夏烈立志当韩流明星，而尹勋的理想是当野生动物摄影师。

两年前，朴夏烈通过了 JS 公司的初选，陪同尹勋去非洲拍摄动物迁徙，不料当晚他们的营地被动物突袭，尹勋被狮子咬伤，朴夏烈原本可以逃走，却为了他重返营地与狮子搏斗……

朴夏烈葬身狮口，尹勋被赶来的猎人救下后，捡回了一条命。

他受到了巨大的心理创伤，在当地疗养了四个月，当他的叔叔和女朋友徐恩雅不远万里去接他回国时，他却坚称自己是朴夏烈，口口声声说尹勋已经身亡。

他回国后，拒绝回归真实身份，离家搬往朴夏烈的家中，与焕宇生活在一起。

他们带他去看医生，医生证实他的精神出现了很严重的问题，他已经将自己幻想成了另外一个人。

在他的世界里，他已经把自己当成了朴夏烈，并抗拒着一切过去的痕迹。

所以他才会拼尽全力去当韩星，也才按照那张相片找到她，因为这一切都是朴夏烈生前的愿望。

因为焕宇不肯认他，总在质疑他，他便以为焕宇的精神出现了问题，还做了一套假的病例和报告，而从医学上来说，这都是他的本能反应。

为让自己的存在合理化，他甚至会做出很多不择手段的事，来化解他内心深处的焦虑和不安。

“即便我是他的叔叔，也一样帮不了他。我只能经营好这家店，照顾好他的生活。医生说，尽量不去揭穿他，他才能不做出过激的事，才能活得久一些。”

末了，老板给了她一个地址，说：“你真的想留在他身边，就去见见这个人吧。她尝试过和他在一起的生活，或许能帮到你。”

苏茸坐大巴前往仁川，按照地址找到了一间宠物医院，见到了尹勋从前的女友徐恩雅。

见到苏茸，徐恩雅的目光滞了几秒，之后她在对面坐下来，笑容苦涩：“你找到这里，想必已经知道所有的事了。”

苏茸不语，看着眼前的女子，眼泪滑过脸颊：“他生病了，我想要救他。”

“没人救得了他。我试图用曾经的回忆和爱去唤醒他，可我失败了。”她转脸看向远方，声音轻轻的，“你爱他吗？”

苏茸慢慢点了下头。

“一个沉睡于梦中的人，若是强行唤醒他，或许会失去他。”女子的目光转回来，眼底已是一片通红，“你可以陪他一起沉睡吗？”

即便知道他这一生都不会爱你，也即便知道这一生你都只有拥有虚假的幸福。

你愿意遮住耳目，去陪他走到梦的尽头吗？

那尽头，或许是一年后，或许是十年后，也或许是白头之时。

这样的爱，是不是代价太大，也太辛苦了？

“我也曾像爱生命一般爱着他，可是原来爱情熬不过现实，更熬不过时间。”女子将一个纸袋递给她，里面是他这些年来的病历和诊治结果，泪水悄然滑落，“我没有力气陪他走下去，希望你可以。”

苏茸接过袋子，只觉得整个身子都是麻木僵硬的，脑子里一片空白，不知道要何去何从。

许久后，她抬头看着女子："你可以告诉我，要怎么窥探自己的真心吗？"

女子目光深深："他是深渊，你会怎么样？"

她听了这话后，嘴角轻轻弯起来，露出了一个会心的笑容。

她心底已有答案。眼前的女子或许曾做过同样的选择，或许现在已后悔当初的鲁莽，可是她知道，她不会悔，也不会退。

他是深渊，她也会纵身跃入。

一生一场的春花秋月梦 ●○ ○○

她将病历悄悄带去了医院，给几个很权威的心理专家看过。

他们说他的病不会给他的生活带来任何麻烦和困扰，他只是将自己代入了朴夏烈，其他一切都如正常人一样。他可以有工作，可以有家庭，他可以将一切都做得很好。

他们说这种代入感越深，他的情绪反而会更加稳定，他会越发坚信这就是他的生活。如果强行让他面对真相，他的精神会彻底崩溃。

但是他们也告知她，他早已丧失了爱一个人的功能，他所做的一切都是在机械式地完成故友的理想。他给予她的爱只是假象，是一个他给自己内心编织的梦境。

他们劝她不必太过执着和沉迷，如若有一天他从梦境中醒来，回归自己的真实身份，那么她存在过的所有痕迹或许都会被清空。

她握着病历走出医院，阳光晴好的午后，她却觉得心里一会佯装无意地手指相交，比心。

偶尔他与她还是会在公司外的广场上遇见，他被一众粉丝紧紧围住，人群中她看不到他的脸，却能看到他戴着同她那一年同样款式的红色毛线帽。

她脑海中爱情的全部模样，其实就是这般模样。

而她愿意去赌这些所有的片段中，总有一个是来自他的真心。

这世间所有人的爱情又何尝不是一场场赌局，筹码是真心，是青春，是伤痕，也或许是一生。

而她的赌局，无非是入他这场折罪与救赎的梦。

而这梦，亦是她这一生一场的春花秋月梦。

Quan Quan Zhi Ai

拳拳之爱

1 ●○ ○○

遇见她那日，刚刚下过一场大雨。

七月份的曼谷正值雨季，地上的雨渍尚没有干，热浪又兜头袭来，风裹在身上，像是拧不干的衣物，感觉潮而黏腻。

韩郁避开一摊摊光影斑驳的积水，从码头行到四号仓库门口—泰拳秀入口处，听到了一阵嘈杂声。

他回头，看到了她。

乌黑的长发很随意地扎在脑后，她穿着简单清爽的 T 恤和短裤，脚边放着一个巨大的行李箱，鞋子湿透，脚踝上还有些泥渍。

她正中文混夹着英语，急切地和工作人员沟通着什么。

他走了过去，工作人员顿时如释重负，将他推到了她的面前。

“中国人？”她满脸惊喜，仿佛找到救星。

他轻应一声。

“我想看一场泰拳秀，可是一连几天都买不到门票。”她将回程的机票递到他的眼前，“我明天就要回国了，你可以帮帮我吗？”

他的目光从机票上移到她的脸上。

这是个二十岁出头的女生，一张天然无害的脸，脸颊有些许婴儿肥，但他并不为她清新的美貌动摇。

他这一生见过不少人，形形色色，有善有恶，知道如何从人的眼睛看到人心。

此刻她满是祈求地看着他，那双黑而澄澈的眼好像有什么夺人心魄的力量，让他的心突然裂开了一条缝隙。

“是我朋友，我带她进去。”他用泰语和工作人员说道，从她手里接过了行李箱。

“可以了吗？”她惊喜地问。

“嗯，不过座位票售罄，你要在后排站着看了。”

他提着行李箱上台阶，她快步追上来，在门口拦住他。

“站着也没关系的。我叫白欢，欢喜的欢。”她伸出手，对他盈盈一笑，左边有个很浅的梨窝。

白欢。这个名字让他微怔，脑海中浮现出一个女生的面孔。

记忆虽然很久远，却清晰如昨日发生般，让他心一紧。

“开场了，进去吧。”他没有去握她的手，把行李箱推还给她，转身离开了。

2

他是这间泰拳馆的保健医生。

他受了朋友委托，每周只需要过来一次，帮拳手们处理一些轻伤。

晚间九点三十分，泰拳秀结束，他在后台的休息室准备好药箱，等着拳手们回来。

观众满场，拳手自然也卖力一些，有几个人受了擦伤，他为他们细心上药。

身后忽地响起叩门声，一屋人正嬉笑玩闹着，蓦地静下来，齐齐看过去。

是她。

她身子微倾，目光扫过众人，一副小心翼翼的模样：“我……我可以和你们要签名吗？”她从包里手忙脚乱地拿出一件 T 恤，上面印着泰拳王播求的相片。

众人面露迷茫。

他低头处理完最后一个伤者，拎起药箱打算离开。

她拦在他的身前，低声请求："你帮我说说，行吗？"

他抬眸看着她，两人的目光相交。如之前一样，她双目写满赤诚。

他拿过T恤，又从桌上拿了笔，递给旁边一个拳手，用泰语说了她的请求。

"挞耶，是你女朋友吗？"拳手们边签边哄笑着问。

他沉默着看他们传签完毕，将T恤递还给她："还有别的事吗？"

"没有了，谢谢！"她感激地对他笑，梨窝浮现。

"明天见。"他与拳手们道别，背着药箱走出去，身后响起细碎的脚步声和行李箱轮子滑过地面的声音。

这么走了几百米后，他到街边拦车，身后的声音不知什么时候消失了。

他回头，却见几十米外，她蜷缩着身子躺在街边一条长椅上，裹着一件长衣，似乎是要露宿了。

他折回去，走到她的面前。

她起身，仰头看着他。晚风将她的刘海吹散又吹拢，昏暗的光线下，她的一张脸越发令人怜惜。

"跟我来吧。"他拎过她的行李箱，也不问她的意见，便先走起来。

"你要收留我吗？"她兴奋地快步追上来。

他停下，目光定格在她的脸上："你对陌生人从来都没有戒备心吗？"

"不。"她抿唇，很坚定地摇头，"只是对你。"

一句话，如大海翻滚而来的浪潮，将他卷回了六年前。

只是月色清明，凉风依旧，往昔却再不可能重回了。

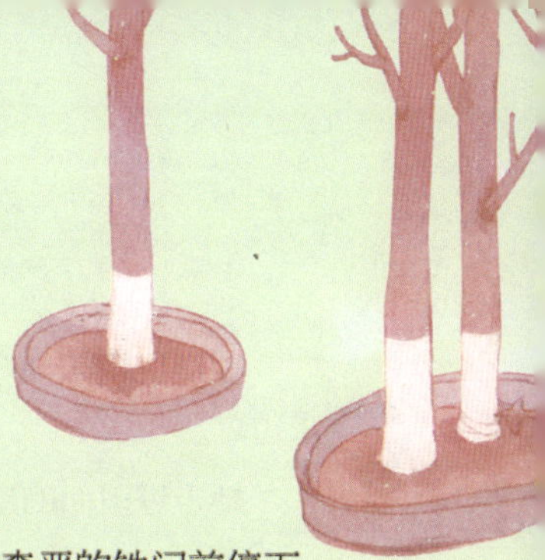

3

出租车穿行整个城市，最后在一扇戒备森严的铁门前停下。经过门前佩枪执勤的士兵，他将她带进了一座灯火通明的新楼内。

一个几十平方米的套间里，整齐摆放着一套医疗器械，消毒药水的味道扑面而来。

他进门用消毒液洗手，她缩着肩膀站在门外，不敢踏进来。

“我是狱医，这里是曼谷中央监狱，应该比露宿街头安全得多。”他冲水，“里边是我的住处，今晚你睡吧，我睡外面。”

“做狱医，还要住在这里，也跟坐牢差不多了吧？”

他换洗另一只手，没有回应。

“你是因为什么事在惩罚自己吗？”她走进来，停在他的身后。

水流哗哗作响，他停下了动作，侧脸看向她。

很多人听闻他的职业，都会下意识地问他会不会很危险，而她是第一个看穿他的人。

他有无法被原谅的过去，没有办法给自己一个坐牢的罪名，只能用这样的方式将自己囚禁于此。

除了每周三到拳馆做保健医生，余下的所有时间他都留在监狱里，吃着和犯人一样的餐饭，阅读一样的书籍报纸，每天清晨午后两次常规放风。

“你好像有很沉重的心事。”她摘下墙上的毛巾递给他，“我会是很好的听众的……”

他绕过她，走到接诊床边，“哗啦”一声将帘子拉上，翻身上床，将她隔离在了外面。

“已经和门卫说过了，天亮后你可以随时离开。”他熄灭了床边灯。

她走进里面的屋子，一盏昏暗的地灯在床边亮着，房间内陈设简单，只有一张床和一个衣柜，地上还有一个锈迹斑斑的铁箱。

她和衣躺下，窗外明亮的探照灯灯光在天空中交错，她在这明明灭灭的光亮中竟然睡得意外的沉。

她在天蒙蒙亮时离开，关门的动作尽管很轻，却还是吵醒了他。

行李箱轮子滚动的声音划破无声的夜，他起身走到窗边，久久地伫立。

藏青色的天空下，那抹清瘦的身影终是渐行渐远，走出了监狱铁门，走出了他的视线。

六年后，他再次目送着一个人离开。

她与他记忆中的人有着相似的面孔，以及几乎相同的语气和声调，然而他却无法与她相认。

六年前的夏夜，有一个女生曾对他说：“你好，我是白欢，悲欢的欢。我听到他们叫你韩郁，郁郁寡欢的郁吗？我们好有缘。”

六年后的今日，一个女生对他说：“我叫白欢，欢喜的欢。”

一字之差，他知道他与她的缘，终是断了。

4

这是他来泰国的第十年，大学毕业后，他考取了泰国的医生执照，经过严格的筛选后成了狱医。

沉闷寂静的日子里，他与所有犯人同休同作，曾觉得这样度过一生也没有什么遗憾。

直到她来，看到枕头上她落下的几根发，他才第一次感觉到了寂寞。

他将铁箱里原本封存的东西一件件拿出来，用旧的拳套，落了灰尘的奖杯，脸上涂着浓重油彩的获奖相片，还有曾经让他甘愿付出生命的金腰带。

六年前他十九岁，随父亲迁来曼谷。父亲是武师出身，有人出资帮他开了一间中式拳馆。

那时他年少气盛，跟父亲学了几年的拳，对泰国全民热衷的泰拳不以为意。在朋友的推荐下，他去黑市打拳。几场胜绩，让他野心膨胀，便向当时最负盛名的新晋拳王巴颂下了战书。

一场最黑、最负盛名的蒙面拳赛，场场赌金超千万，参赛拳手面涂五色油彩，不留姓名，不负责生死。

赢了，他扬名立万；输了，他要付一百万给拳王。若当场人亡，则家人举债。

他自负不会输，于是抵押了父亲的拳馆。

那一战，他输得惨烈，颚骨碎裂，全身十九处骨折，最后是父亲和门下弟子将他从拳场抬回家。

他卧床四个月，全身打满石膏，钢钉定骨，受尽了体肤之苦。

拳馆关闭，全家一夜之间没了生计，父亲在他床前低声叹息。对于他为何会输，父亲只字未问，然而那场拳赛，谁都看得出他与那人的拳法不相上下。

没了拳馆，父亲去曼谷其他的拳馆教拳，几个月后却因一场急病离世。去世前，父亲只说他像极了从前的自己。

父亲问他："若知道结局是这样，你还会去赌那一场吗？"

病床前，他长跪不起，泪落两颊，无言以对。

若知道结局是这样，他依然会赌，可他不会再输。他不会听信一个女生的话，而让全家陷入绝境。

伤好之后，他白天依旧是医大学生，晚上则去黑市一场场打拳。他摒弃了中式拳法，改学泰拳，将重心放到了肘与膝上。

一年后，他终于拼出了名气，押注买他的富豪越来越多，他的身价与筹码齐飞。

他再次下战书给巴颂，决计洗刷从前的耻与痛。

之后，他却再遇那个女生，她在拳馆的后巷拦住他。像一年前一样，她哭着求他，输掉这场比赛，她愿意付出一切。

他勾唇冷笑，离开了。

那一夜，他一战成名，押注是巴颂刚刚在全国联赛中获得的金腰带。

次日，巴颂家中失火，全家七口命丧火海的新闻席卷全国。

看着报纸的那一刻，他猛地想起了父亲临终前的那句话："若知道结局是这样，你还会去赌这一场吗？"

他到黑市中介人那里想问个清楚，那人只是将一纸合约扔给他。

密密麻麻的泰文中，有一句话让他心中钝钝一痛，犹如被重锤砸过。他站在潮湿、逼仄且昏暗的拳场后台，脑中一片空白。

只有她的脸，如不会消失的咒语，萦绕在眼前。

他退出了拳赛，韩郁这个名字从此从黑市的赌注中消失，打赢一场场比赛后获得的丰厚奖金，他只拿了够家人生活的部分，其余辗转给了巴颂的远亲，让他们为巴颂全家操办后事。

之后，他将全部心思放在了学业上，放弃了平生最爱的拳赛，考上了狱医，改名挞耶。

几年后，他来拳馆做保健医生，才得知原来巴颂的妹妹在火灾发生时，人在中国，逃过了一难。他们说，她叫白欢，从小在云南跟随外婆长大，十七岁那年曾在泰国逗留过一年，家逢巨变后，便再无音信了。

他开始失眠，一个个长夜里看着监狱院里通明的灯火，心里对那人的愧与悔如巨浪将他淹没。

他从不知，他还能再遇见她，却又再次放走她。

5

曼谷的雨季在一个个辗转的夜里过去了。

十月份的一个夜晚，他照例前往泰拳馆，船刚停靠到码头，他便看到了岸边一个熟悉的身影。

长发随意地扎起来，她穿着印有泰拳秀图案的 T 恤，向过往的游客发放传单，满脸笑容。

他不禁止步，在她几米外停下来。

“四号仓库门口，欢迎光顾……”她用中文推销着，抬头时看到了他。

两人相视，身侧人群往来，川流不息。

她双手环抱着传单，走过来，轻轻笑了：“医生，好久不久。”

他不语，喉结缓慢滚动，目光锁定她的脸。

“上次忘了告诉你，其实我是泰国人。”她挠挠头，“不过小时候在中国长大，和爸妈也鲜少见面，所以不会泰语。”

他依然不言。

见他沉静，她的笑容便更灿烂了，伸手握住了他的衣角：“拳馆的人告诉我你的名字了，挞耶，我想留在这里学泰拳，你可以帮我和他们说说吗？”

“回去吧，这里不收女徒。”他终于开口，声音却淡漠，将心中重逢的惊与喜强压下去。

“我不怕辛苦，我喜欢泰拳，只是从小家人不准我学，可这是我的梦想。”她目光笃定。

“原因。”他的声音仿佛沉到谷底。

“我想帮哥哥拿回金腰带，这也是他毕生的梦想。”她哽咽了一下，双目中多了一层朦胧的水光。

金腰带……他低头，沉静片刻后问：“你想怎么拿回来？”

“打败那个人。”她眸间的恨，给了他的心重重一击。

“好。”他抬头，“我帮你，表演结束后，来拳场找我。”

6

晚间十点，拳手和观众早已散尽，只剩清洁工在打扫看台，他换了身轻便的衣服去拳场。

他刚走到入口，一个陌生的男子挡在了他的面前。昏暗的光线里，他看不清对方的脸，却能感觉到男人身上隐藏不住的戾气。

两人静立几秒，他猛地提腿偏头，一记扫腿和勾拳擦着他的身体过去。

“开场就是这种杀招，是六叔的人吧？”说话间，他反身贴着男子转了半圈，手肘风驰电掣般锁住对方的喉咙。

黑暗中走出一个中年人，手里把玩着一只玉雕，笑道：“现在的孩子功夫不行了，没办法和当初的你相比。”

他松开了那人：“我不会再打了。”

六叔依旧笑着，手指穿过昏暗的光指向拳场：“她是谁，你知道，我也知道。可是你是谁，我想她并不知道。”

他心一紧，挑眉看着六叔。

“再帮我打一场，你的秘密我帮你带到坟墓里。奖金一百万，还有你父亲当年的拳馆。”他拿出一张地契，“老人家的心愿总是要还的。”

他的目光扫过地契，心一动。他当年拿到奖金时便四下找人，想赎回拳馆，无奈条件开到多高，对方都不放手。

六叔为了请回他，想必也是大费周折。

“考虑好找我。”六叔转身走开，“在老地方等你回复。”

一行人渐渐走远了，他才整理好衣服重新走出去。

擂台下，她已经到了，正在笨拙地缠手绷带。他走过去，将她的绷带拆开，换了一根更长的帮她重新绑过。

“初学的时候绑三米绷带就可以，拳上力量开始不会那么强，三米的绷带足够支撑手腕和指关节的力量。”他绑好了绷带，再帮她戴好拳套，“拳套不要用这么厚的，拳峰轻薄又硬是最好的。”

他细心地帮她弄好了所有的装备，说话时却始终没有看她的脸。

“挞耶，你总让我想到一个人。”拳场炽烈的灯光下，她目光盈盈地看着他，他身上散发的气息，总让她有熟悉感。

“上去吧。”他先走上擂台，向她伸手。

“挞耶，你相信一见钟情吗？”她不伸手，眸子清亮，像鹿的眼睛。

他俯身握住她的手，将她拉上了台。

两人相对而视，她全副装备，而他只是长裤短袖，毫无防护。

“挥拳过来，试试力道。”他横着手臂护头，示意她打过来。

“赢了你，可以向你表白吗？”她盈盈一笑，梨窝隐现。

他愣了一下神，却不想她的拳头在这个时候猛然挥来。他下意识挥拳去挡，却又在提拳的瞬间迟疑了，最终没有做任何抵抗，被她的拳挥倒在地。

嘴角一阵咸涩，他用手指揩过去，出血了。

“你为什么不护啊？他们明明说你以前是会打拳的啊！”她急忙跑过来，看到他缓缓淌出来的血，眼底顿时通红。

“挞耶，你到底是个什么样的人，你为什么要活得这么压抑？”她的眼泪终于落下来，一滴滴落在擂台上。

“以后你挥过来的每一拳，我都不会躲避。”因为她的泪，他一颗心无止境地软下去，他伸手抚去那些泪水。

她忽地扑进他的怀里：“挞耶，我喜欢你，第一次见到你的时候就喜欢你……”

他任凭她的泪水沾湿他的衣，终究没有伸手安抚她。

第一次见到，她以为的第一次，是七月份的那个雨夜。

可是她不知道，他与她真正第一次遇见，是六年前在黑市拳场的后巷。

那时他还是拳界的无名小卒，刚打赢了黑市资格赛。台上他豪情万丈地与看台观众一起欢呼，可出了门便觉得胸口钝痛难当，倒在了空无一人的后巷。

是她发现了他，着急地招呼路人帮助他。急救车赶来，她却没有上车，只是目送着他离开。

他意识模糊之际，只听到她和医生说，她叫白欢，是过路人。她将一沓钱交给医生，拜托他们救他。

所幸只是胸骨挫伤，他几日后便重回比赛。每场比赛后，他都在后巷等到午夜，希望能再遇见她。

他的坚持有了回报，他终于等到了她。为了答谢她出手相救，他请她去吃夜宵。

此后，他们总会在后巷等着对方，只是他每次与她见面，都来不及清洗脸上的油彩，她也从来不要求看他的容貌，两人就在黑暗的巷子里，一起吃她带来的甜品或汤水。

他没有问过她的家世，她也从来没有问过他为什么会打拳。

会来黑市拳场的人，大多有不想言说的往事，他与她都不去碰触更多。

一个月后，他们互通了名字。

她的笑声像晚风中的轻铃。

她说："你好，我是白欢，悲欢的欢。我听到他们叫你韩郁，郁郁寡欢的郁吗？我们好有缘。"

"韩郁，下次见面，让我看看你的脸吧？"她说。

"等我打赢一场漂亮的拳赛，我们约会吧？"他说。

然而那一场比赛，让他们的命运从此逆转。

7

那次表白后，他对她越发冷漠。

他每周来拳馆一次，来时她已经穿戴好装备，在擂台上等他。

她握着拳套，一脸认真地看着他："不要被我打到，不然我会提着行李去和你住监狱的。"末了，见他没什么表情，又补充一句，"我是认真的，行李箱都收拾好了。"

他顺着她的目光看下去，擂台下，果然摆着她的箱子。

"知道了。"他淡淡应道。

他教她泰拳最基本的直拳和扫踢，他依然衣着轻便，不加什么防护，她每一招过来，他都只是抬腿，头就能轻易闪过。

一个小时的训练，她累得快要虚脱，而他一身清爽，仿佛只是陪她静站了这么长时间。

"你一定是高手吧……"她瘫坐在台上，汗珠从额上慢慢滑下，一张脸红通通的，更显娇俏。

"我先走了。"他掀开围挡跳下台，刚迈开步，她追上来，双臂一伸，挡在了他的面前。

"我饿了，陪我吃东西吧。"

他看着她，不言语。

"好吧，我还是实话实说。我没有钱了，这个月的房租都没有交上。今晚我要露宿街头了，你可以收留我一晚吗？"

"兼职不是有发工钱给你吗？"他不解地看着她。

"外婆生病了，需要很多钱，我都寄回国了，过几天，我要回去了。"她咬着下嘴唇，"挞耶，我可能以后都不会再来泰国了，你会想起我吗……哪怕只是一瞬间？"

他转身回去，推着她的行李箱，从她面前走过去："走吧。"

她再次和他回到他监狱的宿舍。

一如数月前，宿舍冰冷，没有人气。她站在房间门口，安静地看着他帮她换上新的床单和毯子，又为她冲了一杯泡面，然后将热气腾腾的泡面递到她的手上。

全程，他与她没有讲过一句话。

“我睡外面就好。”她打破了寂静。

“和上次一样就好，早点睡。”他从里边的房间里拿了换洗衣服出来，走进浴室。

他刚打开水龙头，浴室的灯忽地灭了。

他裹了浴巾推门，却发觉整间屋子的灯都熄了，只有窗外交错的光亮照在地板上。

一双雪白而娇小的脚出现在那光影里。

他的目光顺着那双脚慢慢移上去，随后他看到了她隐在光影后的胴体，修长的双腿，曲线完美的腰肢，雪白而酥软的胸脯。

此时她的肩膀微微颤动着，整个身子因紧张而紧绷着。

“挞耶，我是真的很喜欢你，我想把自己交给你。我发誓不会给你带来任何麻烦……”

他解下浴巾将她包裹起来，伸手去探灯的开关，却被她抱住了腰。浴巾从她身上滑落，她光滑的皮肤紧贴着他的身体。

他的血液在这一刻不受控制地变得灼热起来，仿佛一蹿而起的熊熊火焰从心脏一路燃烧至每一处神经和血管。

“你会后悔的。”他因强忍着情欲，嗓音变得干涩。

“我喜欢你，喜欢你……”她的手指从他的尾椎慢慢向上摩挲，接着她勾住他的肩，踮起脚，吻上了他的唇。

她的吻生疏而羞涩，他的意识却在她柔软的唇瓣下渐渐模糊。他伸出手抱住她的身子，将她推到墙上，张口含住了她柔软而嫣红的下嘴唇。

她努力地迎合他，最终却被他掌控。他的吻一路下滑，从她的细颈到肩，再到她胸前的一片酥软。

牙齿细啜那一处粉红，她身子轻颤，不禁发出一声轻吟。

体内的欲火仿佛被这一声呻吟点燃，他将她推到床上，按住她的小腹和后腰，将她翻过来……

她的后背上有汗细细密密地涌出来，他的额上也是汗，沾湿了他额前的碎发。他含着她的耳垂，轻声叫了她的名字。

“白欢，白欢……”

六年时光，除了她，他的心房再未对任何女人敞开。在她问他是否相信一见钟情时，他心里涌起的酸楚快要将他吞没。

他爱她，他爱了她足足六年，他像苦行僧一样将自己的心和人封闭起来，他只是想要赎罪。

可是直到此刻，他才知道他有多么想要她，要她的人、她的心、她的未来，还有她的一生。

我还可以吗？可以背负起你的一生吗？

清早，他醒来时，她还在睡梦中。

嘴唇微肿，颈上吻痕清晰，他看着怀里的她，心莫名地一阵柔软。他轻轻将她放到一边，起身出门。

他终于还是去黑市拳场找了六叔，他答应再比一场，不为地契，不为奖金，只为了他的那段过去可以从此深埋。

比赛定在两天后的深夜。

他赢了，合约中的一切都会兑现；输了，留下命。

他在合约中签下名字：韩郁。

8

他将积蓄全数取出交给她，要她带回去给外婆治病，可她坚持不肯收，他便只好说借给她暂时应急，之后再还他便好。

他跟监狱请了两天假，带她走遍了曼谷街头的小巷。她热爱庙宇，信奉佛祖，他便带着她去郑王庙。

庙中香火鼎盛，轻烟袅袅，她双手合十，在佛前许愿。

他站在她身后，望着雄伟的佛像，心里忽地一阵忐忑。命运无常，有时生死只在一念之间。这些年，他无亲无故，也从未想过拜佛。

可这一瞬间，他却真的想像所有信徒一样，虔诚地上一炷香。

因为有了她，他第一次觉得怕了，怕死怕伤，怕闭了眼就再也看不到她。

他买了香火，两人在佛祖前齐齐跪下。她许愿奉香，之后回头看他，却见他的香怎么都燃不了。

“我拿去换，大概是受潮了吧。”她起身。

他却淡淡笑了，将未燃的香放在了一边，牵着她离开了。

他知道，是他的手沾了太多血，佛祖不肯保他平安。

这两日，是他平生不曾有过的幸福日子，即便是多年前得到那条金腰带的时候，也不能与此相比。

她的声音，她的笑，仿佛潺潺的溪流，在他心上寻到了一条缝隙，慢慢地渗入他的心里。

他与她一起去晚间市集，在街边小摊吃简单却很有人气的小吃。身后人潮滚滚，浓郁的泰式味道在面前缭绕，他已经不记得自己有多久不曾加入热闹之中。

饭后，他们会牵着手沿着街道慢慢地走，走过一个个的街口，走回到住处。

监狱门口，她握住了他的手臂：“挞耶，搬出来吧，我们找一个房子一起住，好不好？”

他看着她的眼睛，漆黑的夜中，那双眼睛澄亮清明，如天上的明月。

“好。”他低头轻吻她的额头，“等你再回来时，我会给你一个家。”

隔日午后，他送她到机场。外婆病情危急，要立刻做手术，她匆匆赶回去。

而他从机场出来，便径直去了黑市拳场。这一战后，世上将再无韩郁，他对她的罪和债也将会永沉深海。

他换好了装备，进场前，目光不禁穿过那扇简陋的木门，投向后巷。场上的锣声响过三下，在震天响的尖叫与欢呼中，他勾唇淡笑入场。

那日，冷寂了许久的拳场再次气氛火热，大家听闻拳王回归，赌金几分钟里翻至千万。

他目光沉静地看着对手，那是近三年来无一败绩的新晋黑市拳王。他知道这一战会打得艰苦，可他已经孤注一掷。

台下看台的首排，六叔静静地抽一袋水烟，轻烟缭绕中有下属过来耳语：“都安排妥当了。”

他抚着额头咧嘴轻笑，将一袋子现金递给属下：“追加

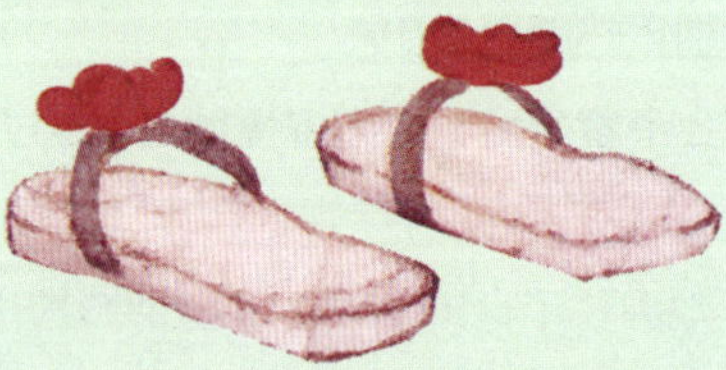

五百万，韩郁死。”

那夜暴雨，天空一道道闪电亮起，让人不由得一阵阵心惊。

她回国的那趟航班迟迟没有起飞。一个小时后，旅客被送回候机室，航班取消，要等隔日再飞。

她的心没来由地慌了，她从机场一路奔回去找他，却被拦在了监狱大门外，守卫只说并没有见他回来。

她又去了泰拳场，得知他今晚并没有过来。

深夜拳秀已经结束，场内空空，只剩下她自己，而他的手机一直无人接听。她在休息室里不断地联络他，却在无意中看到了贴着他名字的柜子。

她对他的从前一无所知，带着好奇，她打开了柜子，看到了里边那只锈迹斑斑的铁箱。

几经犹豫，她打开了箱子……

黑市拳场。

比赛进行到最激烈的时候，双方拳手都倒在了地上，手脚同时锁死了对方，却也气力耗尽。

这样耗下去，必然会有死伤，可看台上的人却像疯了一样尖叫呐喊着。台上，他的额头和脖子上青筋暴起，满脸浓重的油彩下，依然有血从口鼻中缓缓淌出。

他的拳法远胜于对方，锁势也占尽优势，不出两分钟，对方再不弃权，一定命丧当场。

然而此时，入口处有一个熟悉的身影匆匆向着擂台跑来。

是她。他不禁身子一松，待再想扳回局面时，对方已解开他的锁势，翻身而起，一记重脚过来。

对方的膝在他的颈后重重一击，他只觉得那儿一阵钝痛，一口鲜血喷出来……

“韩郁！”她在台下尖叫一声，看到他重重倒在地上，眼泪疯狂落下。

她终于还是知道了。他瘫在了地上，头重重落下。

“韩郁，不要死，求你站起来啊！”她冲他大喊着，看到他满口鲜血，她的泪水滚滚而落，“我原谅你！所有的事我都原谅你，只要你活下来！韩郁，你听到没有？！”她吼到声音嘶哑。

他看着她，很想站起来，可是身体仿佛没了知觉，全身是被辗碎般的痛。

这场拳赛的赛制就是生或死。没有裁判倒数，没有人喊停，只有场上排山倒海的呐喊声。

对方侧身翻压，一记重肘再次落在他的头上，他目光中的她，终于被一片鲜红覆盖……

六年前，他对巴颂立下战书。

那日他已经涂好油彩，却在拳场的后巷见到她。他让她等他，比赛后，他会扬名立万，会洗净油彩去与她一起庆祝。

她难以置信地看着他：“是你吗？向哥哥下战书的人？”

他才知巴颂原来是她的哥哥。

她的泪水啪嗒落下来。她在他的面前跪下来，求他输掉比赛。她说哥哥签了生死约，若是输掉比赛，全家都会遭到毒手。

他的心在那一刻软下来，万丈豪情因她而泯灭。那一夜，他故意输掉比赛，只为保全她一家的性命。

可他在养伤期间，听说她骗了他，拳手合约从来没有全家同受牵连之说。他发誓要卷土重来，与巴颂再战一场，却不想，她所说的每一句话都是真的，巴颂遭遇火灾，全家遇难，而警方调查后只说是意外……

他没有机会再让她看到他的样子，也再没有机会和她去约会一场。

他与她的缘，终究还是断了。

擂台上，他眼皮沉沉落下时，仿佛看到了父亲。

父亲精神矍铄地教他拳法，教他扫腿打桩，昔日的场景清晰犹如昨日。

他仿佛又听到父亲问："如果知道结局会是这样，你还会赌这一场吗？"

会，生或死，我都会赌完这一场。

因为在赌局的最后，我会遇见她。

愿红尘不渡我，恋者有来生

阅读背景音乐：倪安东——《让我爱她》

那年冬天非常冷的时候，我和苏先生到了首尔。我们从国内的北方城市到了韩国，却依旧冷到怀疑人生。那几天，我整个人几乎是僵硬的。直到第五天，我们坐车到了釜山，这个城市却异常温暖。我们脱下了厚重的棉服，坐地铁到海云台，拍下海云台站名的那一刻，一排略陈旧的储物柜也进入了画面。储物柜前面的地上很整齐地摆着一排鲜花，问了地铁站的工作人员，我们才知道，在这里工作的一个老人刚刚因病离世了，这是同事们为了缅怀他自发送来的。

站内有穿堂风吹过，地铁轰隆隆地进站又离站，我看着海云台三个字，这个故事便因此而来了。

那个叫崔植元的男人 ●○ ○○

恩京实习的第一天，台风海葵登陆海云台。

釜山气象局全天循环预警，她所在的海云台地铁广播里实时播报台风等级。地铁实施管制，所有游客被阻止前往海滩。大批游客滞留，原本就不宽阔的海云台站成了台风的临时避难所。

恩京是站内唯一懂中文的实习生，被几百人的中国旅行团包围，游客的问题从台风什么时候结束，到天气造成的航班和酒店损失韩国政府是否能够赔偿，问得她脑子发蒙，一瞬间竟然有些想逃。

这时一个男人从人群中挤到恩京面前，举起胸前的工作证，用不是很流利的中文对着所有人说，任何问题他都可以解答，请大家平复情绪。

恩京侧头看到他的工作证，釜山旅游观光局，崔植元。

正焦头烂额的她仿佛找到了救星，顺势退到男子身后，轻声说了句："谢谢。"

男子被游客团团围住，没有回应。

他有条不紊地回答着问题，嘈杂的人群渐渐平静下来。恩京轻吁了一口气。

气象局预报台风将于晚间离境。

地铁站为滞留的游客发放了简单的食物，恩京拿着水和饼干走到了男子面前，嘴角弯了弯，递给他。

"谢谢。"他用韩语淡淡道。

"您这么帮助我，我要多谢您才是。"恩京说了敬语，这时才看清了他的脸。

他大概有一米八，身形有些瘦，穿着风衣却很好看，额前刘海有些厚重，遮着一边的眼睛，嘴唇略厚，一副不善言辞的样子。

他们是第一次见面，恩京却觉得这张面孔有些熟悉。

她回忆着他们在哪里见过，可脑中没来由地蹦出了朝鲜时期穿着鲜红冕服的王世子。

呵，他清俊得有些像古时人。

唯独不协调的是，他此时的穿着，以及塞在耳孔里的耳机。

“没事。”她说话的时候，他一直看着她的唇，回答简略。

“那我去忙了。”恩京也不擅长搭话，走开了。

台风在深夜离境。滞留乘客撤离完毕，已经是凌晨了。

京恩帮着清洁大妈做打扫，抹到储物柜时，E099 号柜子引起了她的注意。

“大妈，这个柜子没有上锁。”

“哦，这个柜子是为一对恋人保留的，有七八年的时间了。”大妈拿着扫帚走过来，一脸的唏嘘，“说起来，是比电视台晚间播放的水木剧还要悲伤的故事哪。你从中国来，所以才不知道。”

京恩刚想去开柜门，就被大妈打开了手：“海云台站默认的规矩，就是永远不去触碰这个柜子。”

京恩转脸看着大妈，眼中的好奇更浓了。

“明天早点来，你亲眼看过就会明白了。”

隔日清晨，京恩很早就来上班，换好制服后就在储物柜不远处守着。

这个时间乘客很少，一趟趟列车轰隆隆地进站，又呼啸而去，带起的风混着台风过后的潮气，扑在脸上有种说不出的黏稠感。

她的心因好奇变得有些焦躁。

这时一个熟悉的人影穿过安检区，往站台这边走来。

崔植元。

他换了一件棕色的风衣，人显得越发俊秀挺拔，一只手提着黑色的公文包，另一只手提着一个纸袋。

他冲着她的方向走过来，她刚想微笑道声早安，他却径直从她面前走过去。

两肩相擦，风中飘过一阵花香。

她蓦地回头，是木槿花香。

他在那排储物柜前停下。她的心莫名地提起，手掌握紧。

他打开了 E099 号储物柜……

柜子的主人，竟然是他。

虽觉得意外，却也仿佛早有预感，恩京看着他从纸袋里拿出几枝纯白色的木槿花，细心地整理好每一片花瓣，再放入柜中……这时，她才觉得他与那个故事竟然如注定一般搭调。

他久久地凝望着柜子，手指搭在柜门上，松开，又覆上去。

他身侧几米处，她凝望着他，看到他喉结上下缓缓滚动，眼眸中闪过一丝哀伤。

地铁进站，列车带着世间红尘的气息呼啸而来。台风过后，乘客成倍地涌来海云台，组长在对讲机里叫着沈恩京：沈恩京到站前来……

可此时她的心里仿佛正经历一场地震。她凝视着他的侧影，仿佛能感觉到他内心的情绪，在他低头轻抹眼角的时候，一滴温热的液体竟从她的眼角滑落。

她的心中莫名蹿起一阵钝痛，胸口沉重。

许久后，他走入人潮。

转身的一刹那，他与她的目光有几微秒的交错。在涌动的人潮中，她看到他的眼，一双澄澈而忧郁的眼，仿佛载着这世间的万千愁与忧。

他走上车，地铁如疾风一般远去，她愣在原地，久久回不过神。

那个 E099 号储物柜

她在心中勾勒着那个故事。

E099 号储物柜中，有崔植元心爱的人和他们共同的回忆。他的爱人离开了他，或者分手了，或者去了远方，或许已经不在人世。

但可以确定的是，不论她身在何处，她都占据着他的整颗心，和生命。

有同样好奇的人去问他的故事，只听说他爱的人是个救生员，三年前死于海云台的一场海难。

她特意去釜山图书馆，找出三年前的报纸。在报纸的角落里，她看到了一则新闻。

“海云台救生员朴宝拉，英勇救起了落水的三个孩子，不幸殉职，终年二十四岁。”

新闻的下面是一张小小的相片，一个扎着马尾、穿着橘红色救生衣的女生站在沙滩上，笑容温暖灿烂。

那是个漂亮清纯的女生，笑起来，眉眼会微微弯起，让人心生怜爱。

她的脸与恩京脑中三年前的回忆一点点地重合，她的胸口登时闷得她快要不能喘息。

“我叫朴宝拉，你是中国人吗？我的外婆也是中国人呢，中国菜真的很好吃，中国男人也很帅气哦。”

“恩京你有喜欢的男生吗？他是什么样的？”

“我爱的那个男人，是我用几世的福气换来的。他虽然听不到这个世界的声音，却能听到我的心，好神奇，就好像住在我心里一样。”

“他们劝我离开他，可是他们怎么知道，他是怎么爱我的？”

“哦，他叫植元。”

原来，是她。原来，是他。

她将脸埋向臂弯，一颗心痛得她快要窒息。管理大叔走过来，关切地问她是不是哪里不舒服。

她望向大叔，说道：“我想知道她的事。”

大叔叹息后，慢慢讲述起来。

崔植元六岁那年，父母在出海捕鱼时出事，他一连几日高烧，险些丢了性命，最终命保住了，却失去了听觉。从此以后，他将自己封闭起来。

那时，住在他家隔壁的宝拉天天都去敲他的窗，因为宝拉妈妈是聋哑人，她从小懂得手语。她总是隔着窗教他简单的手语，还在纸片上画画逗他开心。

几个月后，他终于打开了门，握住了宝拉的手。

有个聋哑的妈妈，宝拉在镇上一直受别的孩子排挤。有了植元后，她便再也不理会别人的目光，两人形影不离地过了十几年。

植元读书很用功，靠着读唇语坚持念正常人的学校，考入了全釜山最好的高中和大学。

后来宝拉家搬到了常山，为了让植元天天吃到她亲手做的便当，她每天早上把便当盒放在海云台地铁站的储物柜里，他上学的时候再来取走。这样持续了很多年，直到三年前她出事……

"如果你去那个地铁站，你就会看到那个从前装满温馨回忆的柜子，现在变成了对亡人的花祭。"大叔叹息。

"如果宝拉在天有灵，大概不会希望他的余生在悲伤中度过。"她轻声道。

"有过那样的爱情，他大概这一生都不会醒了。"大叔慢慢走开。

那个偶遇的深夜 ●○ ○○

夏季的高温天气过去，几十万游客离开海云台海水浴场，地铁站冷清了许多，恩京的工作也清闲了许多。

没事的时候，她时常看着那个柜子，想象着他们曾经相爱的模样。

他依然风雨无阻地过来，一日日地在储物柜放入新鲜的木槿花。

有时逢休息日，他便不急着离开，坐在候车长椅上，看着列车轰然来去，一坐便是一整天。

而她便在对面的站台上静静地陪着他，一站也是一天。

有时他会随意登上一列地铁，漫无目的地从起点站坐到终点站，再买票进来，循环往复。

她也会找借口与他乘坐同一班地铁，坐在他不远处，陪着他发呆，陪着他出站进站，来来回回。

他邻座的人换了一批又一批，他却始终双目沉静地看着窗外，看着隧道里那些闪烁的光影，一动不动的，像一副失了魂的肉身。

有时下班早，她还会悄悄跟在他的身后，跟着他去花店挑选第二天的木槿花，跟着他去夜市的摊位上点一份明太鱼和一瓶清酒，看着他从傍晚喝到深夜，跌跌撞撞地回家。

他身子倚靠在公寓门外，一遍遍地按着密码，口中念叨着数字，手指却回回按错。

这时她会跑过来，扶住他，帮他开锁。

房门打开，他摇晃着走进去，栽倒在沙发上。她帮他脱掉上衣和鞋子，打开一盏地灯，才悄悄地离开。

地铁从他的公寓底下穿过，每当列车行过时，地面会有轻微震动。

她仰头看着那个亮着灯的窗。他会不会偶尔想起她，在每一次地面颤动的时候？

十月。

太宗台山间的枫叶红了，迎月路的樱花飘零，扎嘎其市场的鲐鱼正值最佳的赏味期。

她原本有很多想去逛逛的地方，地铁站却再次忙碌起来。釜山国际电影节开幕，全世界的游客蜂拥而至。

她忙得连吃饭的时间都抽不出，每一餐饭都像是入伍的军人般狼吞虎咽。

她再没有机会偷偷溜去跟着他，除了每天清晨能在储物柜前匆匆见他一面，她与他再无交集。

想必他也会如她一般忙碌吧。她默默地想。

几天后，她轮值晚班，下班时已是凌晨。她独自走在深夜空寂的街道上，目光不禁投向他家的方向，突然她的面前闪过一个影子。

一个酒气熏人的醉汉，跌跌撞撞冲她走过来。

她刚要扭头逃跑，却意外撞进一个坚实的胸膛里，几乎是同时，一只温暖宽大的手握住了她的手腕。

她抬头，竟然是他。她原本惊慌乱跳的心，因为他的出现，更加激烈地跃动起来。

他拉着她绕过了醉汉，走出很远才松开她。

“以后还是让家人来接一下吧。”他不再说敬语，语气淡淡。

“我是孤身一人来釜山的。”她埋着头低声道。

他在路灯下停步，用一根手指抬起她的下巴，指向自己耳朵里的耳机：“不要低着头说话，我是聋的，要读唇语。”

“对不起……”她一脸抱歉，她竟一时忘了。

“家住哪里？”他似乎习惯了别人这样的反应，岔开了话题。

“还有两个，不，三个路口。”她指着远方，鬼使神差地把回家的路说远了一些。

那个记忆中的笑脸

电影节在十天后闭幕。

观光局举行答谢会，海云台站的工作人员也在受邀名单中。

那晚他们包下了一个烤肉店，浩浩荡荡地摆了十几桌。

崔植元最后一个进来，目光扫过众人，坐到了恩京这一桌。他挨着她坐下，带来一阵木槿花的清香。

她颔首与他打过招呼，便将身子向旁边一挪再挪，一颗心快要跳出胸膛。

韩牛在烤炉上嗞嗞作响，她握着夹子心神不宁地翻烤着。

他一直在旁边安静地喝着清酒，无意中看到她整晚都没动筷子，便从她手中接过夹子，低声道："我来吧。"

她扭头看他，他的一副碗筷同样未动。

店里人声嘈杂，邻桌的大叔们唱起了韩国传统民歌，歌声让原本并不熟络的人们推杯换盏起来。

她这一桌的人纷纷起身凑到那边去，只剩他和她还坐在位置上。

牛肉渐渐由红变成深棕色，他夹起一块放进她的盘子里。她依然没动，他的目光这才投过来。

"不喜欢吗？"他用韩语道。

她摇头。

"要吃蛤蜊吗？"他问道。

她依然摇头。

他静静看她。

她咬紧唇，伸手抓起酒杯，鼓足了勇气说道："我可以和你喝一杯吗？"

他的目光停在她脸上，之后他拿起酒杯，与她碰了一下，手掌挡着酒杯，一饮而尽。

"谢谢。"他放怀时突然道谢。

她一脸不解。

“帮我开门，送我回家的事。”他缓缓道，“家里的监控器录下来了。”

“哦……我只是，正巧路过。”她慌忙答道，“就只是路过。”

“釜山有特别想去的地方吗？我周末可以陪你去。”他看她的目光第一次有了温度。

“有！”她仿佛得到天大恩赐般举起手来，“陪我去梵鱼寺，可以吗？”

那个风中摇曳的祈愿牌 ●○ ○○

周末，梵鱼寺，他信守承诺，陪她一同来。步入山中寺院，他便一直向过往的僧侣颔首问候。

“你常常来这里吗？”她好奇地问道。

“在这里住过一段日子。”他的语气比之前柔和了许多。

两人拾阶而上，穿过不二门，来到了正殿的侧边。放眼望去，金井山下，红枫漫山遍野，风吹过，似一波波红色的浪。

她不禁想起了一首诗，轻声念了出来：“说是寂寞的秋的清愁，说是辽远的海的相思，如果有人问我的烦忧……”

“我不敢说出你的名字。”他用中文接了最后一句，声音低沉。

她吃惊地看他：“你会念中国的诗？”

“戴望舒的诗。”他淡淡答，“宝拉很喜欢这位诗人，所以他的很多诗我都记得。”

宝拉。这是他第一次说起这个名字。寺庙被罩在茫茫云海之中，他的眼中也仿佛弥漫着一层拨不开的浓雾。

她低头不再作声。

“她走的时候，痛苦吗？”他的声音裹着痛。

她猛然抬起头。原来他早已知道她的身份。

她咬着嘴唇，慢慢摇头：“是被巨浪卷走的，走得很快……”

他眼眸低垂，长睫覆下。

“你早知道是我，不恨我吗？”她按捺不住，终究还是问出来，“如果不是因为我，或许她能够获救……”

“她不是那样的人。只要还有落水者，她不会独自逃生。”他笃定道。

数年前的一幕如潮水般淹没了她。

那日，她的父亲作为中国贵宾被邀请来釜山，中途轮船在海上突遇巨浪袭击，她和两个孩子被浪卷入海中，随船同行的朴宝拉奋身跳入海中拖住了她。浪大到游艇无法靠近她们，宝拉便将救生衣套在她身上。这时一个浪扑来，等她再浮出水面时，宝拉已没了踪影……

她和船上两个孩子获救。海事局在周边海域搜寻了一周，都没有找到宝拉的遗体。

她回国后，宝拉成了她一日日的梦魇。她总梦到宝拉在冰凉的海水中对她虚弱地笑，青紫的嘴唇翕动，说着什么……

“她走前有说过什么吗？”他的声音轻得几不可闻，黑色的眼眸仿佛深不见底的水面，只有一片黑暗。

她回想着宝拉的遗言，短短两句话，十几个字，她却无法说与他听。

最终她摇头：“她走得太急了，什么都没有说。”

风起，寺庙屋檐上的铜铃摇曳作响，佛祖的金身在阳光下晃得人睁不开眼。她转身走向祈愿台，在一块木牌上书写心愿。

他也过来，仰头望着树枝上黑压压的祈愿牌，苦涩笑道：“佛祖真的能听得到你心中所求吗？”

她踮脚将牌子挂到树枝上：“会的。”

“这一世相见的人，下辈子还会重逢吗？”他问得郑重。

“相恋的人，会约定下一世遇见的地点，一定能重逢。”她编了个善意的谎，“在我的家乡是这样流传的。”

“好。”他转身走下山，似乎是得到了想要的答案。

身后，祈愿牌在风中转动，一行清秀的字在诵经声中仿佛带着佛祖之光。

“愿你安息，我会信守承诺，缄口至死。”

那个收藏着留言的玩偶 ●○ ○○

跨年夜那晚，釜山大雪。

许多年未见过雪的民众纷纷涌上街头，夜晚灯火璀璨的广安里大桥下，熙熙攘攘的人群竞相在雪景中拍照。

恩京提早下班，来这边小店外带炒蛤蜊，却不想遇到了汹涌的人潮。她被人群推搡着向前，没走几步，鞋子被踩丢了，正狼狈不堪之际，一个人影拨开人群来到她面前，一如几个月前。

崔植元。

他拾起她的鞋子，蹲身握住她的脚，将它小心翼翼地放入鞋中，之后起身站直，表情疏淡：“又是你自己。”

“你也是啊。”因为遇见他，她先前的狼狈与烦乱的心情一扫而光，“我买了炒蛤蜊，要不要一起吃？”她站在川流不息的人潮中对他盈盈地笑。

她手中的外卖盒里，蛤蜊掉光了，通红黏稠的辣酱汤汁挂在她的大衣上，而他的唇边露出丝丝笑意。

她此时才看到自己的窘状，瞬间一脸窘迫。

“去喝一杯吧。”他第一次邀她，“这家蛤蜊店的清酒很好喝。”

“好！”她的欣喜写在脸上。

区佑洞街边的一个摊位帐篷里，他们点了一桌红红辣辣的海鲜小吃、两瓶纯米清酒，对坐而饮。

沾了酒后的恩京像是打开了话匣子，不管不顾地讲着自己的经历。

从中国到釜山，从自己的官员爸爸到租住的廉价公寓，她滔滔不绝。

他举着小盅，一小口一小口地饮下清酒，安静地看着她的唇，读着她的故事。

她的出现，让他心里那个空空的坑仿佛找到了填补的方法。她是陪伴宝拉到生命中最后一刻的人，他总觉得她的身上有宝拉残留的气息。

佛说，一缕魂。

透过她的瞳孔，他仿佛看到喝着清酒，说话时手舞足蹈的宝拉。

“元，撒浪嘿哟。”宝拉曾在这家店外，双手比成一个心形，大声向他表白。

也是在这家店里，宝拉扭过脖子让他看她颈后的一个刺青，她说：“你的名字，在我血液流过的地方。”

还是在这家店里，宝拉拿着一纸保险合同给他看，那是他向宝拉第一次发火，他将合同撕碎，扬在空中，之后他头也不回地离开。

那日一走，他们便阴阳相隔。

他饮下盅中酒，眼角酸胀难当。他将脸埋进手臂，一滴泪倏地滑落。

恩京猛地收了声，怔怔看着对面的他。之后，她慢慢伸出手，擦去他脸颊上的泪。

“你还是很痛吗？”她迟疑了半晌，问道。

“她离开前一天，我还和她发了脾气，她出事或许就是因为分神……”

“那只是意外。”恩京安慰他。

他的头更深地垂下去。他这三年来，每一天都在自责，他把宝拉的死怪在自己头上。

此时恩京体内的酒精开始作用，她的脸火辣辣的，身体里仿佛有一团火在燃烧。她用力握住了他的手：“不要自责，她到死都没有怪过你，她甘心为你付出一切。”

他看着恩京。

“她和我提过，曾送给你一个维尼熊的玩偶，在哪里？”

他的眼中闪过一丝疑惑：“就在海云台的储物柜里。”

“跟我来。”她摇晃着站起来，拖着他的手向外走。

海云台地铁站。

储物柜前，他将那个毛绒玩偶拿出来，犹豫了片刻后，交到了她手上。

“这个是从前很流行的表白熊。她知道你听不到，所以里边一定有难以说出口的录音。这是她在游艇上亲口对我说的。”恩京脸颊红红的，手掌在玩偶的肚子上按下去。

一个柔美的女声响起来。

几秒钟后，恩京的笑容僵在脸上，她的目光定格在玩偶上，酒醒了一大半。

“她说什么？”他的脸上尽是急切。

她抬眼看他，嘴唇嚅动，然后难为情地笑出来：“是我搞错了，原来并没有什么录音。对不起。”她强撑着不让声音发抖，第一次庆幸他听不到，也就不会发觉她颤抖的声线。

他将玩偶重新放回柜中。

“我可以问一个问题吗？”她此时已经完全清醒。

他默许。

“宝拉的赔偿金，你为什么没有用来治病？”

“这世上没有我想要听到的声音。”他低声答。

她心中一痛，可那是宝拉的遗愿。那日巨浪袭来时，宝拉用最后一丝气力在海水中对她喊：遇到植元，让他拿赔偿金去医好耳朵……

宝拉一直坚信：若不是因为耳疾，植元会拥有更好的前程和人生，而她自己却早已做好了随时离开的准备。

“你不想亲耳听到她留给你的话吗？”她看向柜中的熊玩偶，“那是外人不能启口告诉你的话，我也不能。”

他眉头轻抬，不可置信地看着她。

她重重点点头，她不能让宝拉白白牺牲，她必须帮宝拉完成遗愿。

“知道了。”他深呼一口气，“我会考虑。”

那份意外保险合同

春节前，恩京在父母的催促下请假回了国。

一个月后，她回到釜山，带了国内的各种特产分给海云台站的同事们，特意留了一盒红豆饼给某个人。

在游船上，宝拉曾说过，她和植元很喜欢吃外婆做的中国红豆饼。

她在那个清晨倚靠在安检台上，静静地等待着崔植元的到来，等待着那个带着木槿香的男人。

然而时至中午，E099号储物柜前依然无人停留。她疑惑地在站台里张望着，寻不到那人的身影，便拉住了清洁大妈。

“崔植元呢？不来送花了吗？”

“好久没来了。”大妈眼底闪过一丝忧伤，“据说还辞了职，不知道是不是出了什么事。”

“发生了什么事？”她错愕地看着大妈。

“听说他决心去治好耳朵，却被医生告知，已经过了最有效的治疗期。几天前，他来这里，从储物柜里取出了一个毛绒熊玩偶，找工作人员帮他听里边的录音内容，我们听到后都不肯告诉他，他便挨个找乘客听，最后知道了内容……那天他离开后，我就再没见过他了，总感觉会出什么事，他在这里无亲无故的……”

恩京不等大妈说完，就脱下工作服跑了出去。她赶到了观光局，同事听说她是崔植元的朋友，便说他辞职后都没有来整理物品，还把一箱他的物品交给她，拜托她转交。

她抱着沉甸甸的箱子在观光局的楼下怅然若失。

日光倾城，她却觉得天地间一片混沌。风吹过，箱子里一份用胶水粘起来的文件被吹起来。

她将它拿出来，是一份意外保险合同，看得出它曾被撕得粉碎，可从最后的印章来看，它最终还是生效了。

受保人写着朴宝拉，而受益人是崔植元。

原来宝拉在出事前一周用全数身家买了这份保险，如果她遭遇意外，保险公司将会赔付崔植元一亿韩元。

他终于还是猜到了实情。

她的手机在这时响了起来，陌生的号码在那天午后显得格外醒目。

“沈恩京小姐吗？这里是海云台警局，希望你能来一下……”

结局

一周后，沈恩京从海云台地铁站辞职，收拾行李，打算回国。

自从那天从警局出来，她便再也没有梦到过朴宝拉，她离家远赴釜山的心结，也从此解开了。

她拖着行李又到梵鱼寺，山下樱落半腰，她不禁望向不远处的海岸。

那日警局里，她在海滩监控里看到了崔植元最后的画面。

深夜的海云台海滩，他穿着单薄的长衣长裤一步步地走进海水中，水慢慢没过他的膝盖、他的胸、他的脸，直到完全淹没他。

那只玩偶被第二天路过的游客捡到，作为遗物被保管在警察局，等待认领。

“我们在死者的手机里只发现了你的号码，你可以代领他的遗物吗？”警察问道。

恩京看着桌上的毛绒维尼熊，只觉得鼻子酸涩难当。她将脸埋在手掌里，半晌后，终于痛哭出声。

这是她早料到的结局，在听到那段录音的那一刻，她就知道他一定会这样做。

她只是没有想到，他的心意这么笃定、坚决。

“元，好好活下去。抱歉不能陪你到老了，下辈子海云台见。”宝拉在小熊体内的录音如是说。

她想到那日寺庙中，她对他说的话：“相恋的人，约定了地点，下一世就一定能重逢。”

他听从她的话，提早去赴与他爱的人下一世的约定。

她原想拯救他，代宝拉留住宝拉的爱人，却不料原来他归心早已落定。

寺庙钟声响，山间鸟雀扑棱飞起，一行僧人念着佛偈从殿前缓缓走过，香火缭绕间，她恍惚见到一对恋人跪在佛前，许诺此生。

她写了新的祈愿牌，放进了香炉之中，上面的字瞬间化成袅袅轻烟。

愿红尘不渡我，恋者有来生。

土耳其的风 遗忘了我

阅读背景音乐：倪安东——《Sorry That I Loved You》

一块迟迟还上的手表

飞机落地伊斯坦布尔机场，当地时间清晨五点四十五分，摄制组的同事去传送带等行李，韩晨走到机场外，从口袋里掏出一根烟，刚想问身边的人借火，无意中瞥到路对面一个女生。

她的长发很随意地扎成马尾，脸很小，五官秀气，穿着红白相间的格子衬衣、牛仔裤，鞋子虽旧，却打理得很干净。

阳光穿过机场的广告牌，稀疏地洒落在她的脸上。这样清淡的长相没什么辨识度，唯独她那一双眼，仿佛沾了什么光，清亮惊人。

她正踮着脚向里边张望着，双手举着的牌子上写着“Tony”。

那是他的英文名。

他将烟塞回口袋，冲她走过去。

气温十七度，他只穿了一件短袖，在晨风里还是有些凉。他伸出手：“是我……”十二个小时的飞行让他的嗓音有些哑，他清了清嗓子，补充道，“我是 Tony。”

“不冷吗？”她没有伸手，而是从背包里取出一块男式手表，浅笑，“你的手表，还以为没机会还你。”

他眉头轻蹙，再看了一遍她的脸，脑海中终于有了记忆。

五年前，他曾在澳门见过她。那时她留着男生样的短发，在草堆街一间药材铺做店员，用不大流利的粤语给客人介绍灵芝和虫草，胸口的牌子上写着“阿姗”。

“好久不见，阿姗。”他重新打招呼。

她依然笑容浅浅，露出两个小而深的梨窝。她从衣服里拽出工作牌，纠正道：“现在我叫恩琪。”

他双手插在裤袋里，低头轻笑，眉眼轮廓柔和好看。

她双手握着背包的带子，跟着他轻轻笑起来，目光却再也没离开他的脸。

他记忆中的她，是五年前药材铺的阿姗。

他不知道，为了这一刻的重逢，她已经足足努力了十年。

一杯奶白色的烈酒

当晚，恩琪带韩晨和他的组员去当地一家很有名气的烤肉店。

她原本打算点完餐就离开，却被组里的几个年轻人拉了回来。他们把她推到他旁边的位子上，将一杯 Raki 酒放到她的面前："听说你和组长是旧相识，现在你有两个选择，讲你们是怎么认识的，或者干掉这杯酒。"

一众年轻人几年前跟了韩晨，从未听说他任何风花雪月的事，甚至手机里都少见几个异性的名字。因此今天清早见到两人在机场外有说有笑地聊天，众人就觉得事情绝对不简单。

她看着面前这杯清透无色的 Raki，唇边露出一抹笑意。她端起水杯，将水注入了酒杯中。

杯中的酒液在众人的注视下变成了如牛奶般的白色，她握着杯子轻轻晃动："Raki 又名狮子奶，土耳其国酒，这是它正确的打开方式。"话声刚落，她举杯到唇边，一饮而尽。

众人再次目瞪口呆。

"完了，他们之间是真的有什么。"她宁可喝酒都选择缄默，众人觉得这中间更有玄机了。

"我先回去了，明早见。"恩琪拎起背包告别。

直到她的身影在门口消失，韩晨都没有动，脸上却似乎复制了她适才兑酒时的笑容，从容而淡然。

五年的时间，她出落得越发动人，可眉宇间的那股倔劲倒是一点未变。

她甚至不需要向他请示要不要讲述故事，便一力承担了责罚。

没了恩琪，后辈们只能自己找乐子，不一会儿便在店内火热的音乐里，和其他游客玩得热火朝天。

韩晨在一边安静地吃好了饭，嘱咐他们不要惹事，便先行离开了。

六月份的伊斯坦布尔，昼夜温差有十几度。尽管白天热得人口舌生烟，可到了夜晚，凉风阵阵吹过，令人感觉清爽惬意。

酒店离这里只隔了几条街，他步行回去。行至酒店楼下，他看到一个熟悉的身影从巴士上跳下来，和司机道别。

“还没有回去？”他走过去。

“和司机确认好明天的行程。”恩琪将被风吹乱的碎发别在耳后，“晚饭还好吧？”

“你吃过了吗？”他反问。

“附近有夜市，我一会儿去吃。”

他抬手看看时间：“很晚了，我陪你去。”

一枚沾了好运的筹码 ●○ ○○

在夜市里的一个土耳其烤饼摊位，她解决了晚饭。

“以后和我们一起吃吧。”他抽出一张纸巾展开递给她。

她用纸巾擦拭嘴唇和手掌：“不要对女生这么好，会让她们记在心里的，五年前我就这么对你说过了。”

"是礼节。"他淡笑着反驳。

"澳门那次买药材刷爆了一张信用卡，也只是礼节吗？"

他抬头，正迎上她那双清亮澄澈的眼。

五年前，他带着小组去澳门拍摄，在草堆街摆好了机器打算取景，可他的人却失手撞翻了药材铺的摊位，满满一摊名贵的药材散落一地。

那日清晨刚刚下过雨，地上还有积水，药材几乎全被打湿。她惊慌失措地去捡药材，工作人员也帮忙一起捡，可他们都明白湿了的药材是没办法再卖了。

"帮我包起来吧。"她正埋着头捡药材，突然一只手伸过来，手指捏着一张卡。

"不关你们的事，我会解决的。趁着老板不在，你们走吧。"她继续埋头捡药材。

"我刚好有许多朋友需要，帮我包起来吧，告诉我用法就好了。"

她抬起头看着他，太阳从厚厚的云层后钻出来，晃得她睁不开眼，只看到她眼前的男子发着金色的光亮。

他买下了所有的药材，一张卡刷爆了，还押上了自己腕上的手表。他说有机会会回来赎，但如果她没法交代，就去卖了它。

她把每种药材的用法和剂量都给他写下来，留了自己的电话，叮嘱他有什么不懂可以打给她。

拍完片子，他带着组员离开，刚要上大巴，她又气喘吁吁地追上来，将一个东西塞给他。

是枚一百元的筹码。

他蹙眉看着她。

“这是一位手气很好的老板送我的，希望你以后大吉大利。还有，别再对女孩那么好了，她们会记在心里的。”

“一。”他笑着数了一个数。

“什么？”她不解。

“以后你会明白的……”

“没有以后了。”她深深地看了他一眼，便匆匆跑开了，边跑边喊道，“这辈子别再碰上我了，我很晦气的，下次见了我，记得躲开……”

他不禁笑开，他倒是很想再见她一面，看看一个十八九岁的女孩会有什么晦气的。

离开澳门前，他给她的手机发了一条短信，只是寥寥几字，然而她没有回复。

他原以为他与她之间的缘分就这样散了，却不想五年后他们在土耳其还能再遇见。

“明天还要开工，回去吧。”

思绪被她打断，他抬头，她已经径自往前面走了。

两人一前一后穿过大街小巷，她没有等待，他也不曾加快速度，就这么一前一后地走了回去。

酒店门口，她停下来，转身问他：“送你的东西还在吗？”

他从颈间拉出来一根黑色的绳子，那枚筹码挂在上面。

她抿着唇淡淡笑了，转身挥手道：“晚安。”

他握住了她的肩，她停下，转头看着他。

“这次是偶遇吗？”人生很多事，他不喜欢追问，可这件事，他想知道。

“我说是，你信吗？”她仰起脸反问。

“信。”他诚心说。

“不是。”她诚心答。

从两年前得知他有到土耳其拍摄的计划，她便一直联络土耳其的中国旅行社，用了一年的时间学通了当地语言，又独自穿行了整个土耳其，摸清了民俗和地理。

在他来这里的三天前，她刚拿到了这份工作。

这中间的辛苦与努力她只字不提，十多年前的伤痕和痛楚她也不想回望，可她还是想对他诚实一回。

尽管，也只有这一回。

一句撩动心弦的情话

他们在隔天清晨赶往蓝色清真寺，到达时，正赶上晨礼唤礼声响起，人们不约而同地放下了手里的事，拥向寺里做礼拜，方圆之地上响起诵读《古兰经》的声音。

待礼拜结束，韩晨带着组员走进寺庙。他做好分工安排后，大家便去拍摄，而他回头在人海中寻找恩琪。

巨大的圆形穹顶下，阳光透过两百六十扇小窗户的彩色玻璃照射进来，金蓝交错，美得令人震惊，而她就站在那些光下，蓝色的丝巾包着长发，美得仿佛一幅画。

“二……”他在心中轻轻数了第二个数字。

之后他走到她的身边：“我去工作，四个小时后入口处集合吧。”

“你相信神灵吗？”她转脸，目光浅浅地看着他。

“我相信命运。你有宗教信仰吗？”

“十年前我相信所有，佛祖、天主、真主……也曾苦苦地祈求过所有，可神灵无一听到我的祈求。”她的目光黯淡下去，声音里裹着不易察觉的痛楚，“在那以后，我只信一个人。”

他沉默着看向她。

“只信你。”她嘴角微弯，笑容干净真诚。

听起来，这像一句轻浮的暗示，可被她说出来，他却只感觉到微微用力的真心。

记忆像一条绵长的河流，缓慢地从他的心间淌过，所经之处皆是细密而无法言说的痛。

两人无声地对视，几秒钟后，他移开了目光：“他们在等我，我先去忙了。这里人很多，你自己当心。”

看着他颀长的身影渐渐远去，她转过脸，眼角滑下了一滴泪。

韩晨，我曾热烈而虔诚地信仰着你。在我怀着少女心事而懵懵懂懂的那些年，你是我世界里唯一的神，然而之后我逃了。

很多年过去，我一直以为我是无法面对你，可直到重新站到你的面前，我才知道，我无法面对的是我自己—那完整的躯壳下，早已残破不堪的自己。

拍摄在午后结束，午饭吃得简单，拍摄小组紧接着乘坐大巴前往卡帕多奇亚。

大巴是十六人座，韩晨和恩琪最后上来，车上只剩最后一排的两个位子。

两人一前一后走过去，听到了组里小年轻们的笑声。

“他们在有意撮合我们。”她坐到靠窗的位置上，笑容坦率。

他将背包放到地上，挨着她坐下来：“所以你是想直截了当地来我身边，还是让他们推着靠过来？”

“什么？”她转头看着他，目光中有惊诧，没想到他还会和人说笑。

“没事，睡一会儿吧。”他双手枕在脑后，合眼补眠。

“韩晨……”

他缓缓睁眼，看着她。

“没事，睡吧。”她也合上眼，刚才的某一个瞬间，她觉得他也记得所有的事，记起了她。

可是她转瞬便又清醒过来，那根本是不可能的，他对她的记忆仅限于澳门和现在，她一颗慌乱的心才渐渐镇定下来。

一段想要隐瞒的过去

一行人到达卡帕多奇亚是夜里十点。

一行人提着行李入住酒店，之后去附近的餐馆吃饭。适逢父亲节，每家餐馆都有打折活动，所有男士都得到了赠送的啤酒。

组里的年轻人几分钟前还个个满脸疲累，听闻有免费的酒喝，

立刻满血复活，推杯换盏地畅饮起来。

恩琪没有加入他们，而是坐在门外街边的位子上单独吃。

席间，大家都给家里人发了信息，向父亲送去节日的问候。

“组长，你不用问候下家人吗？”见韩晨一直安静地吃饭，一个年轻的男生提醒他。

“好像从来没有听组长说过家人。”一群人纷纷看了过来，好像前面的男生开启了崭新的话题。

“你们真是没见识，组长十六岁就跟着父亲做纪录片了，纪录片之父韩西成听说过吗？就是组长的父亲。”

“别……”韩晨想阻止他说下去，却已经晚了，一群人惊讶地瞪大了眼睛，目光里尽是震惊和羡慕。

韩晨飞快地转头看向窗外，那个街边的位子不知道什么时候已经空了，她不在那里了。

他舒了一口气，目光扫向众人，口气不禁有些冷：“都快点吃，吃完回去休息。”

见组长有点不悦，众人不敢再开口，埋头猛吃。

他拿出手机，发了一条消息给她：回去了吗？

她回复：已经睡了。

他的心这才终于落了下来。

几分钟后，一众组员一个个鼓着腮帮子举起手汇报：“吃完了。”

“走吧。”

酒店所在的街区并不繁华，到了夜晚更是寂静，一行人走到街边，正巧看到几个当地的工人拿着一个细长的仪器贴着地面，似乎在听着什么。

“是听漏工，我在纪录片里看到过。”一个组员兴奋地说道。

“组长，你第一部作品不就探访过听漏工吗？”另一个组员追上他问道。

他低低应了一声，从工人的身边走过时，不禁回头多看了几眼，他们的每个举动都让他觉得熟悉而亲切。

那是他独立做的第一部纪录片，为了了解城市听漏工的生活，他还特意跟着师傅学习了十四个月的专业技能。

也是那部纪录片让他扬名国内外，从而成功被《国家地理》杂志看中，从此他的镜头开始游走全世界。

然而如果可以选择，他宁愿从未经历过这一切。

晚风起，他将衣领拉高，加快步子走回酒店，甩下了身后一众组员。

“喂，你们听说过吗？那部纪录片拍摄时，组长还意外帮着警方侦破了一件大案。”一个组员见他走远了，小声说道。

“什么大案？”一众人围了过去。

“具体是什么我不知道，我也是听电视台的长辈说的，听说是大事件，奇怪的是，当时所有媒体都没有报道。”

“别说了，组长知道我们八卦这些，又要板着脸了，快走吧。”

一场无法延续的缘分

接下来，拍摄组的任务是拍摄世界最神奇的喀斯特地貌，拍摄的最佳角度是乘坐热气球俯拍。

数百万年前，Erciyes、Hasandag 和 Golludag 三座火山喷发，源源不断喷出的岩浆以及石块瞬间覆盖了整个卡帕多奇亚大地，岩浆冷却凝固后，多次沉积产生了不同颜色的岩层，又经过风化、日晒、雨淋以及这个地方特有的高温炙烤，形成了全世界独有的 Fairy Chimneys（神奇烟囱）景观。

拍摄组提前联系了五个热气球同时配合拍摄，韩晨利落地签完了生死约，之后看向了身侧的恩琪。

“一起来？”

她摇头：“你忘了？我很晦气的，你也不想你的生死约兑现吧？”

他沉默了片刻，从脖子上摘下那枚筹码给她戴上：“我这一生都还顺遂，现在将我的运气全都转赠给你。”

她怔怔地看着他，他的顺遂人生路或许无人能及，从小到大一路升学保送，十六岁跟随父亲入行拍摄纪录片，十七岁独立拍摄第一部片子便斩获世界大奖，之后留学美国，他的名字和相片被存进了学校的光辉史。而他此后一直辗转于世界各地，再也没有回国。

“为什么你一直没有回国？”身后组员在催促着他们，她却问了无关的问题。

“你呢？”他依旧反问。

“因为回不去，因为心里有过不去的坎。因为离开那里，我可以假装自己是别人。”

“你就当我也是这样吧。”他的声音中有一丝无奈。

“如果今天出了什么意外，你会怪我吗？”她对自己的命运从来都无胜算。

“你之前过不去的坎，或许是别人造就的，别总执着于此。”

身后组员在催促他，外边的工作人员也一个劲冲他招手。

他也顾不得其他，伸手握住了她的手，将她带到了桌边：“签吧，你不是说最信的神灵就是我吗？”

一句话引得旁边的年轻人一阵唏嘘。

她签下了生死约，跟着他上了热气球。

喷灯轰的一声点燃了，热气球徐徐升空，慢慢地，整个卡帕多奇亚被他们踩在了脚下。

天空中飘浮着许许多多五彩的热气球，将这块荒凉之地点缀得生动而美丽，如同这个世界许诺给每个人的童话国度，时间仿佛停滞。

她握着颈间那枚筹码，身子轻倚着旁边的韩晨。他伸开手臂，双手扶着筐边，将她围在了怀抱中。

空中呼啸而过的风，将她恍惚带回了多年前的那个夏夜。

那时她初二，深夜补习完，自行车不翼而飞。他是高她两届的学长，从她身边路过时，停了下来。

她记得很清楚，他骑着那时候很时髦的山地车，将书包背在身上，让她坐在前面，送她回家。

那夜之前，他不知道她是谁，住哪里，又在哪里读书。

可是他已经是闻名全市的学霸，是她暗暗喜欢了很久的男生。

那一刻，他双臂围着她，身上纯蓝色的校服散发着淡淡的青草香气，让她第一次知道原来人的心跳可以那么快。

十三岁的那一年，她的整颗心为他跃动着，她发誓要变成像他一样出众的人。

她偷偷去他的学校听他演讲，看他的辩论比赛。看着他帅气的面孔，她在数千人的会场里站了起来，隔着几十米的距离对他喊：“学长，请等着我，我一定会走到你身边的！”

那时，她已经成绩优秀，面孔清丽，是远近几所学校男生心目中的女神。

他与她隔着人海，甚至看不清她的模样，但对于这样赤诚的表白，他颔首轻笑，郑重地说：“好。”

然而在她十六岁时，风云突变，她偶然收到一张他个人摄影展的入场券，在观展回来的路上遭遇了一场意外。

她的人生在那个冬夜后发生了翻天覆地的变化，从此她活在了一个没有光的漆黑国度。

那里只有无边无际的恐惧和伤痕，她知道这一生都无法再走到他身边了。

“韩晨，这一生，你有无法兑现的承诺吗？”

“嗯。”呼啸的风中，他轻轻应了一声，不知她有没有听清。

他的脑海里闪过一个女生的背影，她站在黄昏的医院走廊里，刺鼻的消毒药水味道中，她长发垂落，遮住了脸颊。

他站在走廊的另一端，对她喊：“不要做傻事，这辈子我养你啊！”

她沉默了许久后，说：“你走吧，不要再来了。”

那一年，他十七岁，平生第一次也是唯一一次向一个女生去讨她的一生。他低头，看到她紧紧攥着的手，便伸出手轻轻裹住它们，之后用力握住。

心脏滚烫的温度仿佛顺着血液流至他的手掌。

云层之下，风变得凛冽，她的眼底迅速变得通红，一行泪刚刚掉落，便已被风卷走。

所有的一切，她都记得，记忆中每个画面、每句话，他说过的每个字，都如此时他握着她手的掌心一样灼热。

然而她今生所有能对他说“好”的机会，都已经葬送在那个冰冷的冬夜里。

韩晨，我们终究是有缘无分。

她轻轻推开了他的手。

一段满目皆痛的回忆

之后几日，韩晨的行程依然满满当当。

韩晨的拍摄小组刚到达土耳其首都安卡拉，原本还有几个地方要去，便收到了中国驻土耳其大使馆的安全提示，说这里政局不稳，建议他们返回。

他带着全体成员连夜飞回到伊斯坦布尔，决定提前结束拍摄，订了隔天傍晚回国的机票。

近一周的拍摄让组员们不似来时那般生龙活虎，个个眼周青紫，到达酒店便一个个回房去睡了。

韩晨有晚睡的习惯，他整理完几日的所有拍摄素材，已经是夜里一点。听说酒店旁边的一家酒馆很有名气，他决定过去喝一杯。

刚走出房间，听到楼上传来关门声，他抬头穿过天井看上去。

恩琪正拿着外套走出来。

“好巧。”他笑着道。

“去酒馆？”她踩着楼梯走到他的面前，“一起？”

他默许。

他点了一大杯 Raki，学着她那天的模样，将水兑进去，看着酒液变成牛奶般纯白。

“这个酒很烈的。”她虽这么说，却也要了一杯。

“今天若是不醉，怕是很难入睡了。”他轻啜一口。

“白天拍摄遇到什么事了吗？”她轻晃酒杯，看向他。

“我爸爸今天离世了。”他脸色有些苍白，笑容凄凉。

她的目光一滞，半晌后她才缓缓道：“那你需要赶回去吗？”

“你问我为什么不再回国，因为我的家早就因为他散了。他做了十恶不赦的事，妈妈多年前含恨而终，而我也一生无法原谅他。”

她看着他一脸难过的表情，犹豫了下，伸手握住了他的手：“再大的苦难，都会过去的，时间会带走一切的。”

“那么你的呢？时间带走你的伤痛了吗？”他目光灼灼地看向她。

她收回了手，沉默。

“恩琪，让我照顾你吧。”他突然说了这么一句。

她转头，眼神晃动一下：“是爱吗？”

他嘴唇轻启，却沉默了。

是爱吗？他也问自己。

“谢谢你这么说，不过我的过去大概没有男人能承受。时间不早了，我回去了。”她将整杯酒饮下，推门走了出去。

他将头重重地抵在吧台上，心中一片凌乱。

出门后，她的眼泪便成片地洒了下来，这是他第三次向她做出承诺。

如若没有十年前那场事故，她会不顾一切地点头扑向他。

可是，韩晨，我早已失去了走向你的资格。

十年前，她参观他的摄影展，却在深夜回家的路上被一个陌生的中年男子打晕，被劫持到了郊外的一口下水井里。

那个男子蒙着脸，每晚都会过来，虐待她，抽打她，持续整整两周。

就在她奄奄一息的时候，有人终于发现了她。

她被紧急送往了医院，经过一周的抢救，才保住了性命。

从警察的口中，她得知发现她的人名叫韩晨，是在拍摄一部有关城市听漏工的纪录片时意外听到了她微弱的求救声。

韩晨。她祈祷着不是他，可他还是在隔天的黄昏来到了她的病房。

她见了他后发疯地向外跑，不想让他看到自己的脸，然而她却收到了人生中第一次告白，还是来自她痴痴地喜欢了一千多个日夜的男生，他说他会养她。

她心痛得几乎无法呼吸，她知道自己那么努力地想要过好这一生，全都是为了身后那个男生。然而当他就站在她的咫尺之遥，向她要她的余生，她却不能笑着答应他。

她知道那只是他善意的怜悯，所以她拒绝了他，仓皇跑开。

那天后，她和父母搬离了那座城市，辗转去了很多家医院，接受了心理治疗。

几年后，她终于看起来和同龄的女生一样，可是心里早已经百孔千疮。

她不再信任任何人，她的世界变成了纯黑的国度，唯独还有一个人，他散发着神灵般的光，指引着她坚强地活下去。

那人便是韩晨。

她并不对他抱有任何奢求，只是每隔几年都会打听他的消息，提前赶到他即将去的地方，以陌生人的身份见他一面。

澳门那一次便是她安排好的偶遇。知道他要来取景，她提早一个月在附近药材店做兼职，原本只是想见他一面，却不想老天给了她更多的机会，让他撞翻了摊子，也从而记住了她。

土耳其的相遇依然如此，她原以为短暂的数周拍摄后，他们便会再次各奔前程，可是她发现她对他的爱和依恋越来越浓烈，甚至想就这样不顾一切地留在他身边，将她心中难以启齿的往事就此掩埋不提……

可原来这世间并没有童话中那样完美无瑕的爱。

她对他尘封了自己的过去，而他欠了她一个巨大的真相。

父亲节那晚的餐馆里，当组员们聊到各自的父亲时，她就站在吧台后，听到了所有。

那些话仿佛惊天一道雷，在她的胸口炸开了一道血淋淋的裂缝。

也就是那一刻，她猛然明白了他为何要对她承诺一生。

原来，他对她一直是施舍，她却痴痴地以为，这十年中，她曾拥有过他的爱。

一场生死相隔的劫难

那一晚，她在酒店的洗衣房里坐了整晚。

机器轰隆隆的转动声中，没有人听到她悲凉的哭声。

直到天亮时，她返回房间整理好行李，将那枚筹码挂在了他的房门外，走出了酒店。

去机场的路上，她给他发了一条短信：韩晨，你问我信不信神灵。在印度时，恒河圣水畔，我不曾给佛祖奉过香；在泰国时，芸芸信徒中，我不曾许过愿；可在藏地，我曾看到过一个小小的寺庙，那里一面飞扬的风马旗上写着你的名字，或许只是重名，可我还是生平第一次为你许了愿。从甘孜到冈仁波齐神山，徒步三千公里的朝圣之路，我走了四个月，一跪一拜之间只为祈求你一生顺遂康乐……我想这一生我都不会告诉你我拒绝你的理由，希望你可以忘记我，忘记你曾想用一生去施舍和怜悯的我。保重，我们不会再见了。

那一夜，韩晨在酒精的作用下睡得格外沉，梦中仿佛听到门外有行李箱滑过木地板的声响，可之后便又沉睡过去。

隔天，伊斯坦布尔阿塔图尔克国际机场发生三起自杀性爆炸。

韩沉在睡梦中被组员叫醒，他们打开房间里的电视给他看。

爆炸造成三十二人遇难，八十八人受伤，遇难者名单上，赫然写着中国籍女子陆恩琪。

“恩琪姐怎么突然去了机场，还把这个护身符留给了你……”组员说着便哭了起来。

韩晨看着电视，手里死死地握着那枚筹码，呼吸仿佛滞住般，半晌后他才猛地吸了一口气。下一秒钟，他连鞋子都顾不得穿，飞奔出门。

整个城市戒严，他连所在的城区都不能离开。

天边一群白色的鸟飞过，他只觉得自己从未像这一刻茫然无助，一行泪终于缓缓淌过脸颊。

他知道，这一次，他是真的失去了她。

然而，他还没有来得及告诉她，十四年前的那个夏夜，他载着她穿过整个城市，是他人生最美好的回忆。

他更没有机会告诉她，他是真的爱她。十三年前的礼堂，她站在数千人面前要他等她，他说“好”，是认真的；十年前的医院，他在医院的走廊里对她说不要做傻事，承诺会照顾她一辈子，是认真的；五年前他们在澳门遇见，他发了一条短信给她，说如果老板解雇她，他会对她负责，一生有效，是认真的。他对自己说，这辈子如果能遇到她三次，就将真相说出来，永远不再放开她的手，哪怕被她记恨一生，也要强行把她留在身边……

然而他这一生，再也没有机会爱她，无法还清欠她的了。

他要如何对她说，十年前的那个深夜，劫持她施暴的男子，正是他患了精神分裂症的父亲—韩西成。

伊斯坦布尔的大街上，他重重地跪倒在地面上。

远处的寺庙中，唤礼声响彻整个城市，《古兰经》的诵读声缭绕在城市上空，万千教徒从他面前鱼贯而过……

他的眼前却出现了一个海市蜃楼般的场景，他又看到那一年扎着马尾、穿着一身白裙的她站在数千人的礼堂里，在春日的午后对他盈盈一笑。

她说：“韩晨，等我。”

尾声

一周后，韩晨护送着她的遗体回国。

将她交给她父母的时候，他原以为他们会责骂捶打他，可他们只是红着眼含着泪，轻轻拍了拍他的肩，说："韩晨，谢谢你，谢谢这个世界上还有你。若不是爱着你，她早在十年前就放弃活下去了。她能多看这尘世十年，我们已经知足了。"

他伏在老人的怀中，泪水成行地流淌下来。

没人知道这十年中他的煎熬与等待，他不敢去找她，不敢去打听她的消息，任凭心里那份积压多年的爱将自己吞噬，却还要在每一次见到她时，故作云淡风轻。

人这一生有数个十年，却只有一个十年可以爱人成伤，思念成疾。

然而爱与痛的最后，只剩形单影只的他。

十年天真赤诚，最终只是一场仓皇春日梦。

掩于尘土

这世上，其实没什么伟大与无所不能的感情，亲情不是，爱情同样不是。

伟大的，是愿意付出的心意与行为。

如今，我觉得温暖而满足，仿佛一株绿植，吸收了光与水分，就会绽放出让人欣喜又温暖的花朵，而这便是太阳给予花朵，花朵又释放出的能量啊。

希望我们都能从彼此身上汲取能量，继而传递出能量，如一株株迎光的植物，温暖而纯澈。

你是我做到一半便哭醒的梦

阅读背景音乐：Passenger——《Let Her Go》

我在清迈的大象营里见到了温顺又乖巧的大象，我和苏先生骑着大象还翻过了一座山。抚摸大象的皮肤时，它传递出的温度与善意，会让人产生一种的安全感。回到酒店后，我特意查了一下驯化大象的过程，只觉得触目惊心。人类为了利益，到底在做着多么残忍的事？！

想着这些，我写下了这篇文章。也许你看到最后会泣不成声，而我又何尝不是。

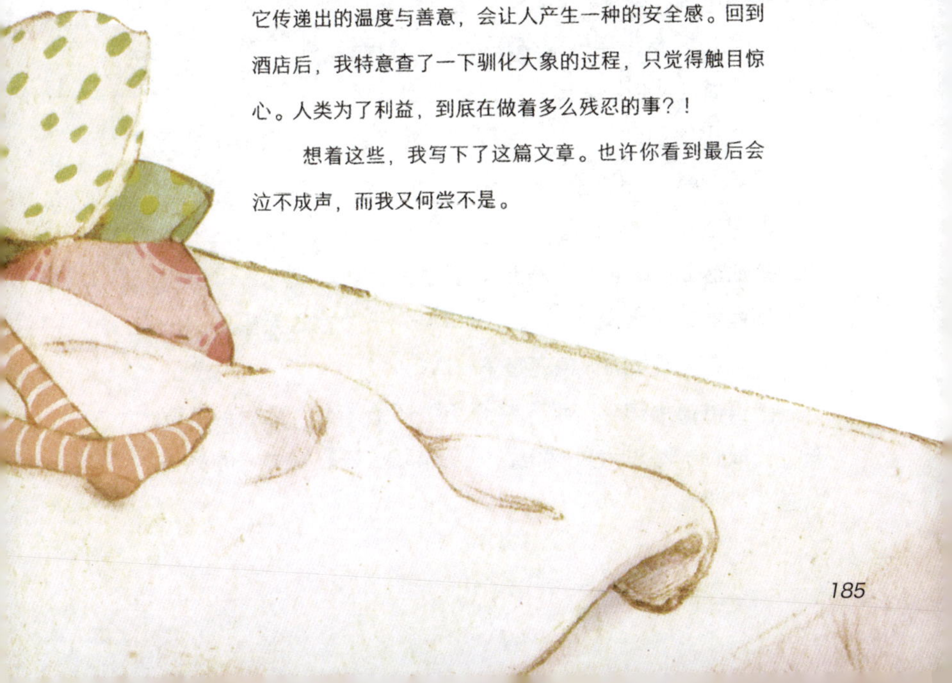

她决定孤注一掷

苏夕到达西双版纳野象谷的时候，已经是深夜十点了。

她搭乘的班车在半路抛锚，到达的时候比预计时间晚了四个小时。

果然，说好在门口接待她的人已经不见了，迎接她的只有一扇挂着大锁的铁门。

对方的手机无人接听。野象谷的周围漆黑一片，只有一轮朦胧的月亮挂在空中，远方还时不时传来不知什么兽类的叫声，她不禁打了个寒战。

更倒霉的是，她手机的电量马上就要耗尽了，万般无奈下，她决定孤注一掷。

她踩着行李箱，跨上铁门，然后踩着栏杆向院子里爬，刚爬到一半，一束光亮照到了她脸上，晃得她睁不开眼。

“是谁？”一个闷闷的男声响起来，后面还跟着一串动物呼噜噜的声响。

“我是苏夕，学校派来写大象研究报告的。”苏夕双腿蹬在门上，慌忙从包里取出介绍信，扔到了那人的脚下。

“在那里别动。”那人把介绍信看完，之后拍了拍身侧的什么东西，声音突然变得很温柔，“小谷，去。”

苏夕还没弄清状况，一个温热而有力的东西就圈住了她的腰，将她整个人举起来，然后稳稳地放到地上。

那竟然是只大象。苏夕目瞪口呆，虽然她做大象研究已经四年，可看到真实的大象还是第一次。

“宿舍在那边。”那人将介绍信还给苏夕，之后他从背上取了一根竹子塞进大象嘴里，似是宠溺孩子般摸摸它的鼻子，说道，“带她去。”

大象十分顺从地掉转方向，晃晃悠悠地在前面带起路来。

“它真的行？”苏夕瞪大双眼看着那人，无法相信大象可以胜任此项任务。

“不要轻易怀疑它，它能感受到你的敌意或善意。”

苏夕失语，莫非她还要在意一只大象对她的初印象不成？

这时，前方的大象仿佛有感应般突然停下来，回头看了她一眼，发出了沉沉的叫声，似是催促，又似不耐烦。

哇哇哇，这大象还真是通天了。她不敢不信邪，赶紧小跑着追上去。

身后那个沉闷的声音再次响起，那人仿佛隐藏在深山里的老道般说道：“显然，你的初印象已经是负分了。”

就你的情商，在人间也是负分

整个晚上，苏夕仿佛睡在数百只大象的身边。

大象呼噜噜的喘气声和哑哑的叫声如同咒语，整夜不休，击溃双耳。

好不容易挨到了清晨，她揉着额头从床上坐起来，端着漱口杯站在木阁楼外刷牙。一只只大象慢腾腾地从她脚下走过，她惊得将嘴里的泡沫整口咽下。

不远处的溪边，一个裸着上身的男子正用水桶给大象洗澡。她抹掉嘴边的泡沫，朝那人挥挥手：“喂，早上好啊。”

昨晚光线昏暗，她未曾看清他的模样。如今晨间阳光倾泻，她才看清他，一身熟麦皮肤，大概一米八高，胸腹肌肉健硕完美，极利落的圆寸，面孔轮廓立体，虽隔着距离，却依然可见他的一双眼，墨黑，泛着光亮。

他不是令大多女生着迷的韩范男子，却有着同样令人无法挪眼的野性和孤傲。

然而她的问候如石沉大海，男子甚至没有回过头。他将水桶挂在象鼻上，套上衣服，在大象耳边轻声说了什么，带着它缓缓走远。

“怪人，宁可和动物说话，也不愿意与人交流。”

苏夕走回屋内，梳洗完毕后，去野象谷管理处报到。

听说她是从北京来的大学生，负责人很热情地接待了她，并带着她在园区简单参观了一圈，之后把她带到了新生象宝宝区。

“我们这里没什么高学历的人，这一个月你就跟着林醒吧，他只比你大三四岁，年轻人好交流，况且没人比他更懂大象。”

林醒就是那个怪人。此时，他正蹲在象圈里捡象宝宝的粪便，边捡边还拿到面前细细察看。

她强抑住胃里的恶心，压低了太阳帽的帽檐走过去，开口：“主任让我跟着你……”

突然小象尖叫了一声，耳朵剧烈地扇动着。

他这才抬头，看到她时眉头猛地拧紧，对旁边的大象命令道：“小谷，去。”

发生什么事了？看小象惊慌不已，苏夕正四下张望，头顶的鸭舌帽就“嗖”地一下被抽走。

等她回过神，鸭舌帽已经被那只叫小谷的象用鼻子抛向了远方。

“喂……”

“小象不喜欢红色。”他终于正眼看她，一双眼里满是愠意，“到训练场等我，还有，以后不准来这里。”

他是在给她下马威吗？虽然心里十分不爽，可她就是莫名地不敢与他硬来。

她悻悻地转身离开，嘴里嘀嘀咕咕。

“你当我愿意来吗？脏兮兮的。还有，懂大象很了不起吗？就你的情商，在人间也是负分……”

你的善意或恶意，它能感知到

有了那次不愉快，她的研究课题显得有些举步维艰。

“大象有什么特殊的习性吗？”

“何为特殊？”

“大象跟别的动物最大的区别是什么？”

“鼻子很长，你看不出来吗？”

“拔掉象牙后，大象会死吗？”

看到一张臭脸后，苏夕只能赶紧低头道歉。

“最后一个问题，大象身上有虱子吗？你离它这么近，不觉得脏吗？”

“我们这里没有干净的。”

“喂，你这么不配合我，我没法写报告，别说待一个月，就算待一年也写不完。”

“我说过，你的善意或恶意，它能感知到。若是对它和对人一样急功近利，不行。”

“急功近利？难不成我要死心塌地研究一辈子大象吗？我干脆不要毕业好了。”

“这个我回答不了。”林醒牵着大象缓缓离开。

苏夕气得跺脚，从他这里得不到解答，她不信整个野象谷都没有答案。

来到这里的第二周，她和当地一个老乡达成协议，在野生大象出没的山里露营。

明知山中禁止入内，也明知此行危险，可老乡拍着胸脯说自己经验十足，露营只是日常消遣。苏夕多塞了他三百块，把自己的性命一并交给了他。

两人在山谷深处搭了帐篷，怕引起山火，只点了一个小小的酒精炉取暖。老乡取出一瓶米酒与她侃侃而谈，大象的习性没讲多少，倒是把年轻时偷偷放捕兽夹捕猎野象的事迹讲了一遍又一遍。

“捕来干吗？”苏夕听着听着，只觉得百爪挠心。

“那时还没严管，村里人也穷得厉害，逮到了，就拔了象牙去卖啊。”

苏夕赶紧用手捂住嘴巴，心脏抽紧，仿佛自己的牙被生生拔掉。

“放心，没了牙也不会死的。大象平常也会不小心撞断牙的，不影响的。”老乡仰脖喝酒。

可是，一定很痛吧。苏夕默默想道。

姓林那小子和我们有宿仇 ●○ ○○

夜深，老乡说会守夜等着野象群来，让苏夕踏实睡。

半夜里，一阵阵沉重的脚步声由远及近，林中传来鸟儿惊慌飞散的声音，苏夕在帐中猛地惊醒。

她跑出去看情况，老乡已不见踪影，而十几米外一群野象正嗷嗷叫唤着走来，林间一刹那地动山摇。她从未见过这种阵势，心脏一下子提到喉咙处，如同面对末日来临，全身颤抖如筛糠。

野象袭击人类的报道此时全数涌入她的脑海，是跑，还是留在原地？她早已失去思考能力。

“小谷，去！”突然，一个声音在深夜里响起来，等她反应过来时，一个人影飞快冲过来，抓住她的胳膊往山林中狂奔。

身后野象群发出了更洪亮的嘶吼声，似乎是两方开战前的叫嚣。他拉着她向山谷外逃窜，两人急促的呼吸声中，她突然用力地抓住他的手腕。

“小谷……小谷怎么办？”她踉跄着，在林间急停下来。

“继续向前跑就是出口，我回去。”说完，林醒扔下她返回。

“不能回去啊！”苏夕在他身后大喊着，他的身影却很快在浓浓的夜色中消失。苏夕紧咬嘴唇，看着不远处的出口，挣扎又挣扎，终于重新撒腿去追林醒。

漆黑得不见五指的山林里，她跌跌撞撞地寻找着他。除了蝉鸣声，她听不到任何声音，不知道身在何方，他又在何处。

她摔了又摔，身上划破了多处口子，血汩汩地淌出来也全不知晓。也不知道跑了多久，她终于在山林深处看到了一丛丛火光。

她迎着光亮跑过去，只见十几个村民手持火把，围着一只嗷嗷叫唤的大象，商量着如何处置，先前不见的老乡竟在其首。

野象群已没了踪影，周遭是象群过后的狼藉景象。她靠近村民后才发现大象的腿被捕兽夹夹住，正渗着血。

是小谷，她认出了它。

也不知道哪里来的勇气，她冲破人群扑向小谷，双臂张开，挡在它面前。

“谁也不准动它！”她用尽全身力气嘶喊。

“丫头，走开。”老乡一脸不耐烦，劝道，“你命好，露营第一天就碰见了野象群，但我们已经等了半年多了。野象年年都伤人，也怪不得我们下手狠了，只怪这只象倒霉，踩到了捕兽夹。”

“它不是野象，它是饲养园里的大象，它不会伤人的。”苏夕全身发抖，只能用喊声掩盖自己的恐惧。

“把她拉开。”老乡命令着其他人。

“不要过来！”苏夕顺手抓起地上的一根竹子，将尖的一端抵在自己胸口，“再靠近一步，我就死在你们面前。”她全身的血液涌向头顶，已经不知道自己在做什么。

“真晦气。”人群中有人说道，“算了，去追别的大象吧，没走多远。”

众人听了这句话后有所动摇，慢慢散开了。

见人都走了，老乡才走近苏夕，说：“我知道这象是谁的，姓林那小子和我们有宿仇，早晚会有个了结的，你离他远点吧。”之后他用手指向一边的林子，“你把他带回去吧，要是敢把我供出去，我一个都不饶。”

“我不说，我一个字都不会说。”苏夕嘴唇颤抖着发誓。

老乡走远，苏夕这才意识到自己的双腿已经失去了知觉，她用力将捕兽夹扳开，一字一句地对小谷说：“去找他。”

小谷在原地缓了半晌，终于迈出步子，一瘸一拐地走进山林。

许久后，它用鼻子卷着一个人走出来，那人衣服已被鲜血染红。

如果林醒原谅你，你就留下来吧

医生被人连夜从市里请来，一眼便看出林醒头上的伤口是受到重物击打，执意要报警，被苏夕和管理处的人拼命拦下。

苏夕不得已，才将前一晚的事和盘托出。她这才得知那个老乡姓丁，是当地有名的恶人，根本惹不得。他们长期在此工作，更不敢与本地人有太多过节。

这一次的伤，林醒算是白受了。

所幸林醒只是流了些血，没有伤到其他。

苏夕深知自己错得离谱，连连和管理处道歉，求大家不要让她离开，然而每个人都愁眉不展。

“如果林醒原谅你，你就留下来吧。”

她便将希望都寄托在林醒的身上，若是学校知道她报告没完成，还给合作单位捅了这么大个娄子，她的档案里怕是要多个处分了。

况且，也是他深夜发现她未回宿舍，才带着小谷进山找她。

她守在林醒床边，为他换药，帮他冷敷退热，守了整夜。

阁楼下，小谷彻夜徘徊，哀声连连，不吃也不喝，不愿离开。

林醒在隔日午后醒过来，睁开眼，便看到了双眼青肿的苏夕。

她惊喜地扶他起身，却被他僵硬地推开。他扶着头，几步跨出阁楼，看到小谷在楼下蔫蔫地甩着鼻子，终于慢慢舒了口气。

“你走吧。”他没回身，声音冷得将空气都凝结。

“求你了。”苏夕心虚得甚至不敢靠近他，“我发誓，我再也不会惹事，我从现在起一步都不会离开饲养园。”

林醒仿若无闻，下楼走到小谷的面前，手掌慢慢抚摸它的头，将额头轻抵上去。

小谷抬起鼻子，将林醒轻轻地、轻轻地圈住。

这一瞬间，苏夕的眼泪毫无征兆地滑落，她才知道她做错的是什么，不是私闯禁地，不是错信老乡，更不是害他受伤，而是她差点让小谷送命。

她在阁楼上看着这一幕，拼命地压抑着眼泪。不需要任何人驱赶她，她已经没有脸面留下。

她“噔噔噔”跑下阁楼，走向小谷，用力地抱抱它，之后转身……

然而在那一瞬间，一个温热而软软的东西缠住她的脖子，将她拉了回去。

“小谷……”林醒微怔。

小谷轻叫了几声，晃晃悠悠地走回象圈里，不一会儿，它用鼻子顶着一顶鲜红色的鸭舌帽走了回来，轻轻地扣在了林醒的头上。

“你要我原谅她？”林醒愣住了。

小谷长长的鼻子在空中画着圈圈，嗷嗷地叫唤。

苏夕的眼泪再也忍不住，她也顾不得什么脏不脏、虱子不虱子，把头用力埋在了大象的耳朵边。

“你留下吧。”林醒让步了。

她是得到这个冰山系原始人的肯定了吗

虽然那晚苏夕赶到时，林醒已经被打晕，但是她只身护象的事还是从村里流传进饲养园。

“你对苏夕有偏见，你没听说她那天为了小谷，都不顾自己的命了吗？”谷里的其他饲养员对林醒说道。

“我对谁有偏见不重要，小谷觉得她好。”林醒闷声回答。

“这小谷也奇怪，平常也是个骄傲的小伙，怎么就对苏夕那么亲？”

林醒不再作声，在溪边给小谷洗澡，小谷则心情大好地用鼻子来回把玩着那顶红色的鸭舌帽。

经过半个月的悉心照料，它的伤已经没有大碍了。在这件事上，苏夕功不可没，她在大学里选修的兽医知识派上了用场。

经过朝夕相处，小谷和苏夕的亲密度也日渐增长，有时林醒叫它都不如她来得管用。

这段时间里，她没再问林醒什么学术问题，却在与小谷的日常接触中收获满满。

她的论文很快就写完了一大半，而小谷也顺利进入了高级训练阶段—学画水彩画。

学画之前，先要让它熟悉水彩的味道，才不至于让它因为陌生而排斥。驯象师通常把水彩和香蕉放在一起，增加大象对它们的好感度。

小谷显然分不清香蕉和黄色的水彩，把整桶水彩都吸在了鼻子里，在林醒的强制命令下，才依依不舍地喷洒出来。

站在对面的苏夕就倒了霉，全身如同淋了一场水彩雨。

“我，对颜料过敏……”她的话只说了一半，便戛然而止。

那是她第一次看到林醒笑，他站在阳光下，露出皓白的牙齿，笑容比阳光还要明媚灿烂。

苏夕怔了又怔，目光黏在他的脸上挪也挪不开，莫名失了魂。

因为颜料过敏，她全身起了红疹，痒痛难耐，却又不敢用力抓，把床板蹭得吱吱响。

入夜，小谷用鼻子卷着一个瓶子从窗里递进来。

她伸长脖子向下望，见林醒骑在大象身上，那身姿像是古时出征归来的将军，帅气到不行。

"这是什么啊？"她晃着那瓶绿色的液体，问道。

"抹在红疹处，一天一次，抹完为止。"

"草药汁？你熬的啊？"苏夕打趣着。

"嗯。"林醒竟然承认了，之后骑着小谷慢慢离去。

苏夕呆立在窗口，半晌才重新看向那瓶草药，突然就舍不得用了。

几天后苏夕痊愈，到训练草场找林醒，小谷正在院子里用鼻子玩着一把画刷。

"谢谢你，山谷里那次，还有药水。知道你不愿意提，可我还是得道谢。"

林醒没有回应，只是扔了一把香蕉给小谷，小谷稳稳接住，勾进嘴巴里，开心地扑扇着大耳朵。

"其实那次，你可以不去救我的。"苏夕也习惯了自说自话。

"我拗不过小谷。"他破天荒开口。

"可你不是说它对我的初印象是负分吗？"

"可能你身上有母象的气味吧。"

"喂，林醒！"苏夕抗议。

"从现在起，有什么问题，我都会回答。不要再做危险的事了。"林醒站起来，拍掉了手上的草渣，走向小谷道，"小谷，走，我们去画画了。”

他身后的苏夕僵在原地。

心脏在胸膛中突突跳动，她手掌抚在胸口，半晌说不出话。

她是得到这个冰山系原始人的肯定了吗？思量许久后，她露出了一个欣喜万分的笑容。

“小谷，姐姐画画很棒的，姐姐教你画香蕉吧。”她雀跃地追了上去。

不论是深海还是泥沼，她都陷进去了

周末过后的清晨，林醒被主任叫走，再回来时，他的手里多了一张机票。

“你要出门吗？”苏夕边喂小谷吃东西，边问道。

“加德满都。”

“哦，是吗？”

“送给那边象谷的小象生病了，象医找不出原因，我去看看。”

“哦。”苏夕顿了一下，“那你走几天啊？”

“那边的象都是接受过训练的，习性和特征会有些变化，对你的论文有帮助。”

“你是说，你愿意带我去？”苏夕几乎欣喜地跳起来。

“机票自理。”他从她的面前走过去，带起了一阵柔和的风。

哇，她竟然有机会看到正宗的表演级大象了！

飞机在隔天午后落地。

外面下着小雨。苏夕是第一次出国，机舱门刚开，她就挤在人群里飞奔出去。停机坪上，她大口地呼吸，加德满都潮湿而闷热的气息扑面而来。

“喂，快下来。”她冲着舷梯上的林醒招手。

他自己只带了一个背包，此时手里却拎着她的一只中型皮箱。

他缓步跟着人群走下来。

她把手机递给他：“帮我拍个照。”

不等她跑远去摆造型，他便将手机和她的掌心一起握住：“这边治安不好，跟紧我。”

她怔住了，看着被他握住的手，心间似有什么荡漾开来，暖暖的，甜甜的。

他们订的酒店在市中心，计程车在广场附近就停下来了，司机解释道：“今天是洒红节，前面封路了。”

“什么是洒红节？”走在街上，苏夕兴奋地左顾右盼。

“当地人会互泼颜……”林醒话音还没落，几米外一群全身被泼得五颜六色的人就朝他们跑过来，每个人的手里都端着装满颜料的盆，兴奋地给了他们这两个外地人最热情的迎接仪式。

几十股颜料水在空中绽放，苏夕甚至来不及扭头逃跑，一个高大的身影就挡在她面前，手掌揽着她的头，将她整个人抱进了怀中。

颜料在他身上绽放，他很快变得五彩缤纷。人们满意地继续前行，喧闹声渐远，苏夕这才从他怀中慢慢伸出头来。

见林醒整张脸像色谱一样花哨，她终是没忍住，扑哧一声笑出来。

“没淋到吧？”他却毫不在意，只顾检查她的手臂和脖子，查看有没有因过敏起的红疹。

而她只是静静地看着他，心里如同炸开了一罐蜂蜜。

喜欢一个人到底要多久？一个月？一年？还是一生？

如果她回答一瞬间，很多很多个一瞬间，如他深夜潜入山谷救出她的一瞬间，他骑着象送来草药的一瞬间，他用身体护着她不被颜料沾到的那一瞬间……她的爱算不算草率？

她不得而知，唯一可以确定的是，这个人，她爱了。

不论是深海还是泥沼，她都陷进去了。

他们在流光溢彩的霓虹灯光中看着彼此

他们下午去了加德满都象园。小象只是因为水土不服才生病，林象将它的食谱调整了下，到了晚上，小象就有些活力了。

两人返回酒店，路过杜巴广场，苏夕央求着想下车去看看。

林醒也没拒绝，陪着她在琳琅满目的纪念品摊位间走走逛逛。苏夕像只停不下来的小鸟，一不留神就从他的视线里消失，他只能加快步子跟着她。

后来天色渐晚，人群熙熙攘攘，他便买了一条彩编的绳子，一头绑着她，一头绑着自己。

苏夕哭笑不得，干脆壮着胆直接牵住他的手。

“我说……”他抗议。

“随便你胡思乱想吧，答案就是你最不敢承认的那个。”苏夕甜甜一笑，在前面大步流星地走。

林醒想说什么，最终却悻悻地跟在她身后。

经过一家尼泊尔首饰店，苏夕雀跃地跑进去和店主沟通，林醒难得有半分清静，便在外面等她。

不一会儿，苏夕拿着一个盒子跑出来，递到他手上：“送给小谷的。”

林醒打开盒子，发现里面是一串刻着佛祖像的铜铃，工艺异常精美。

“挂在小谷的脖子上，它就不会走丢了。”

“谢谢。”林醒浅笑，许是从未感谢过谁，这两个字说出来都觉得有些拗口。

“林醒，下面这句话是给你的。”

林醒抬头。

“Tim mo mal ni mo mana parcha！”苏夕将刚学来的话结结巴巴地说出来。

如料想般，林醒眉头轻拧，一脸困惑。

“好了，说完了，整个人就轻松了。”就是要他听不懂的效果，她轻舒一口气，红着脸径直向前走。

手腕上的彩绳猛地被身后人一扯，她便跌入了他的怀中。

“我在尼泊尔待过三年，懂当地的语言。”

苏夕一瞬间脸红到了脖子根。

林醒越过她向前走，人潮涌动，一根彩绳拴着他们彼此，她胸中有股澎湃的浪潮越积越高，怎么都拦不住了。

喧闹异常的杜巴广场，她终于鼓足了所有勇气，在他身后对他喊道：“林醒，我喜欢你，我喜欢你，我喜欢你啊！”

游客纷纷驻足，一道道目光投向她，林醒也慢慢回过身看着她。

一张表情本就稀少的俊脸，此时也难得有了些变化，广场的光影在他眸底闪动，苏夕只觉得身在一场梦中。

他们在流光溢彩的霓虹灯光中看着彼此。

许久后，他拉扯绳子，将她一点点拉到他的面前。他垂眸，之后重新看她，刚要开口，却被她飞快地捂住了嘴巴。

“当面回答太那个了，如果你接受了，就让小谷画一只香蕉，好不好？”

林醒唇边露出一抹浅浅的笑容：“那也要等它会用刷子再说。”

他这是……答应她了吗？

她的眼泪终于再也止不住，飞泻而下

回国后，苏夕和林醒的关系变得亲近。

人们时常在训练场上看到两人形影不离，陪着小谷一起吃饭，一起玩耍。

离归校的时间越来越近，苏夕的论文已经完成，她小心地瞒着所有人，只是想多留一些日子。

她还在等一个答案，加德满都杜巴广场上林醒欠她的那个答案。

小谷还在学习用鼻子正确拿刷子，对于画画这个新技能，它显然并不喜欢。

每每趁着林醒不在，苏夕就跑到象圈里抱着小谷的鼻子，教它在地上画香蕉。

然而收效甚微，通常只画到一半，小谷就不再配合了，苏夕累得大汗淋漓，看来小谷只是喜欢吃香蕉而已啊。

有时别的饲养员也会和苏夕聊几句，借着机会，苏夕便想多了解林醒的事。

他为什么不爱说话啊？他为什么把小谷当亲人一样啊？他的父母也是养大象的吗？

每每这时，大家就都不再说话了。

苏夕撇撇嘴，什么嘛，难道他父母的身份是国家机密吗？

众人依然沉默，只是告诉她，小谷的确如同林醒的命，能接近小谷，也就能走进他的心。

他们说：“苏夕，恭喜你，做到了。”

“可我什么都没做啊。”苏夕一头雾水。

众人失笑，指着小谷玩耍的那顶红色鸭舌帽：“因为林醒已经为你做了一切啊。”

苏夕更加迷糊了。

“你刚来野象谷的时候肯定得罪小谷了吧？我们看到林醒从后山把你的帽子捡回来，天天给小谷闻，他想让小谷熟悉你的气味。”

“熟悉的气味会给大象增添好感，它对你就是这么熟起来的。”饲养员们七嘴八舌地说道。

“可他为什么要这么做？他开始也讨厌我啊。”苏夕不解。

“讨厌和喜欢，难道会全写在脸上吗？”众人笑着，散去了。

林醒很早就喜欢她了吗？怎么可能？

虽说满心疑惑，但她的心里还是美滋滋的。

对啊苏夕，因为你长得美啊，长得美的女生原本就不会生活得太艰难啊。她开心地给自己找着理由。

也不管这理由说不说得通，她继续带着小谷学画香蕉了。

隔天清晨，她正睡着，就被一阵急切的锣声吵醒了。

林醒说过，只有野象谷出现危急情况的时候，管理处才会敲锣。她套了件衣服就向管理处跑去。

“小兴昨晚不见了。”负责人的表情如同天塌了一般。

“小兴是谁？”苏夕习惯侧头问旁边，却发觉林醒并不在。

“林醒呢？”她张望着问道。

“黎明发现小兴不见后，他就带着人进山去找了。”

“这几天村里那帮人又不安分了，小兴怕是凶多吉少。”旁边的工作人员说道。

“小兴是只象吗？”

“是小谷的哥哥，二十年前，我们从泥沼地里救回了它们两个，兄弟俩感情一直很好。”工作人员说着，看向不远处的象圈。

果然，小谷耷拉着脑袋，对面前摆放的香蕉和甘蔗视若无睹。

苏夕的心也悬了起来，她一整天都陪在小谷的身边，等待着消息。

直到深夜，林醒才带着一队人回来，满身的疲惫。

“找到了吗？”苏夕迎上去。

他却绕过她，直接到了小谷的身边，慢慢地蹲下身去，低声说着：“对不起……”

小谷鼻子无力地垂在地上，睫毛也垂下来，一滴泪缓缓从眼角落下。

苏夕的心一时间痛起来，她慢慢走过去，从背后轻轻抱住林醒：“会找到的，一定没事的。”

然而，事情远比她想的要严重。

当晚，谷外山林里传来了一阵令人发寒的大象的哀号。所有人都跑出屋子，聚集在草场，有饲养员当时就痛哭出来。

“是小兴！”他们能够分辨出园中每只大象的声音。

林醒的拳头紧紧握起，双眼迅速变红。突然，他像是想起什么，撒腿向着象圈跑去。

苏夕和其他人一起追了过去，几分钟后，所有人都呆住了。

象圈的木门被生生撞成了两截，小谷不见了。

“不好，它肯定进山了，循着声音去找小兴了！”负责人突然大喝一声。

下一秒钟，林醒就握住了一把尖锐的铁器，苏夕能感受到他身上散发出危险的气息，她飞快地拦在了他的面前。

她想说不要去，她想说老丁曾对她说过，他们之间一定会有个了结，她想说她有种不好的预感，甚至有很可怕的画面在脑海里浮现。

然而当她与他对视时，她却一个字都说不出来。

他要去救的，是小谷啊。即便知道前方是刀山火海，他也会义无反顾地去。

他仿佛知晓她的担心，手掌轻落在她的肩上，说道："如果我回不来，别等我。"

"林醒……"她的心更慌了，她不知道到底怎么做才能阻止他。

他要去的仿佛不是山林，而是真的回不来的万丈深渊。

这时，其他饲养员也拿起铁器，林醒深深地看了她一眼，带着人跑了出去。

看着他的身影远去，苏夕只觉得心脏被什么钝器击中，痛得无法呼吸。

"他们一定没有事的，对不对？"她跌坐在地上，喃喃自语道。

野象谷中只留下一些妇女和老人，所有年轻男子都进山了，没有人能回答她的问题。

暗夜中，她看到象圈角落里，那顶红色的鸭舌帽被小谷端正地挂在墙上。

她的眼泪终于再也止不住，飞泻而下。

三万英尺的高空，收不到任何信息

林醒他们已经进山六个小时，没有任何消息，山里也静寂一片。

苏夕在小谷的象圈里也已经坐了六个小时，一动未动。

有好心的大婶送来饭菜给她，见她难过，便陪她聊聊天，终于说起了林醒的父母。

二十年前，林醒六岁的时候，他父母建立了当地第一个保护野象的民间组织。那时没有政府支持，更没有经费，他们一行十几个就天天住在山里。后来山里来了一队境外的捕猎者，屠杀了近二十头大象，他父母就在那场战斗中牺牲了。而带捕猎者进山的，就是那个老丁。

林家父母走的那天，乡亲们从山里救回了两只困在泥沼中的小象，就是小兴和小谷。从那时起，林醒就将自己和外界隔绝了，一年都不说几句话，但他认定小谷是父母赐予自己的宝贝，从此与小谷相依为命。

大婶长叹一口气，说："如果这次小谷有个三长两短，怕是林醒也不会回来了。"

苏夕的眼泪再次落下来，她将脸深深埋入臂弯。她又何尝不知道小谷对林醒的意义，她只是不敢去想，不敢想结果，因为她知道自己根本无法承受。

除了在这里静静地等消息，她竟做不了任何事。

时间一天天地过去，林醒和那队年轻人已经十天音信全无。

她做的噩梦一个接一个，梦中的林醒越行越远，任凭她喊哑了喉咙，他都不曾回头。

她不敢将梦讲给别人听，怕讲出来了，就会成真。她问谷里的老人："梦是反的，对不对？"

然而他们答她，情人的梦，一定会应验。

她咬着手指，不敢出声。

她找遍网上所有测吉凶的办法，一一尝试，但结果全部是凶。

她几近崩溃，哭了一夜又一夜。

林醒他们依然没有任何消息。

学校打来电话，催了又催，甚至系主任亲自打来电话，告诉她如果错过论文答辩，她四年的付出就白费了。

谷中的工作人员也都劝她离开，说有消息会第一时间通知她。

她这才终于搭乘晚班飞机回北京。

她离开那日深夜，野象谷突下暴雨，引发了数十年未见的泥石流。

野象谷和后山林子一起被埋在泥石下，与外界断了联系。

三万英尺的高空，收不到任何信息，苏夕却突然心痛不止，泪水如打开的水闸般，怎么都收不住。空姐担心她，不断问她是不是哪里不舒服。

她只是拼命捂着胸口，像要将自己捏碎一般，一遍遍重复着：“我是不是再也见不到他了？再也见不到了……”

他说：“姑娘，别再等了。林醒他，回不来了。”

北京机场，她刚落地就被闻讯赶来的父母接回家里。

他们得知了那边发生的所有事，担心女儿偷跑回去耽误前程，于是二十四小时将她看管起来。

他们送她去答辩，去办理毕业手续，去学校清理物品，剩下的时间，她都被锁在家里。

一个月的时间里，她瘦得几近不成人形。

其间，手机一次都未响过。一连几天，电视里都播放着野象谷泥石流的救援消息。

谷中所有工作人员生还，象群生还，然而后山还在封闭之中，没有任何消息。

没有消息，她是不是就可以当作是好消息？

她写的论文被校方推荐到国际期刊，不久后有英国的一家电视台表示非常感兴趣，想将她的论文结合影像做成纪录片。

她终于被父母放出来，他们给她梳妆打扮，让她去与对方见面。

然而她的脚刚踏出家门，她就如发了狂般推开所有人，直奔机场。

她搭乘了最近的航班，前往西双版纳。

到达野象谷时已是深夜，她顺着铁门爬进去，直奔小谷的象圈。

泥石流过后，象园进行了修缮，从前小谷的象圈里如今放满了东西。

工作人员或许已经做好了它不会再回来的准备，将这里变成了存放小谷之前物品的地方。

她走进去，小谷从前最喜欢玩的东西都在这里，一根干了的竹子，一个游客遗落的兔子玩偶，一瓶它玩了好多年都没有打开的橘子罐头，还有……那顶红色的鸭舌帽。

她原本以为这几个月她的泪水已经流尽，然而在这里，眼泪再次汹涌滑落。

最后，她看到了角落里的厚厚一叠画板。

画板用油布盖着，上面已经落满了灰。

她轻轻掀开油布，原来这都是小谷学习水彩画时所有的练习作品。

干净的画板上，有时是一个圈，有时是一朵云，有时只是彩墨浓重的一个点……她一张张地翻下去，突然全身一僵，脑子顿时一片空白。

画板上，是一只画得潦草的香蕉，笔墨不均，色彩也是轻轻重重，可那真的是一只香蕉。她赶紧将后面所有的画板掀开，发现它们上面画的全部都是香蕉。

在她不知情的时候，林醒带着小谷画了这么多的香蕉。

苏夕心痛得不能呼吸，将那些画板抱进怀中，号啕大哭。

她的哭声惊动了园中人，不一会儿引来了一群人，见是她回来了，每个人都默默地抹起了眼泪。

许久后，负责人走到她的面前，将一串铜铃交给她。

他说："这是泥石流过后我们在山里找到的，找到时它完好地挂在小谷的脖子上，所有人都走得很平静……"

他说："姑娘，别再等了。"

"林醒他，回不来了。"

只是红尘之外，相爱之人不能重逢，那人也已在心里

一年后，苏夕拒绝了不少动物机构的邀请，只身前往非洲。

她加入了当地一个保护野象的民间组织，陪着象群迁徙，帮着它们抵御外来的猎杀者。

她还亲自接生了一只小公象，小家伙有一截小小的象牙，鼻子卷起来的样子像极了曾经的小谷。

她给它起名小醒，将那串铜铃系在它的脖上。仿佛冥冥中

注定般，小象很开心地叫着。

同行的人问她："你身上发生过什么故事吗？"

她轻笑着回答："这世间哪有故事，每个记忆入心的人都是真实的。"

很多年之后，她已皮肤黝黑，身材结实，说一口流利的当地语，能在野外安心入眠。

她几乎淡忘了母语，淡忘了野象谷的青草香，淡忘了爱上一个人时的心跳频率。

然而每当看到小醒，她还是欣慰地笑起来。

她不会忘，这世上曾有一个人，教一只笨拙的象画了很多很多只的香蕉。

那些香蕉代替他告诉她，他也喜欢着她啊。

只是红尘之外，相爱之人不能重逢，那人也已在心里。

他的心间有座坟

1 ●○○○

2011 年深圳机场，春运。

宋时楠和他的中队第一次被派到机场做应急巡逻，入伍以来他从没见过这么声势浩大的人潮，加之前一晚整宿没睡，他此时胸口有些憋闷。

和下属吩咐了几句，他走出候机楼，晚风中些许的凉意，让他松快了一些。这时，他看到了对面那个斜靠在广告灯箱上的女生。

她看上去十八九岁，身高一米六五左右，偏瘦，黑直长发，瓜子脸，大眼，嘴唇略厚。

他脑子里职业习惯性地列出了一串人物特征。

一阵风吹过，女生手边的登机牌被吹远，她却浑然不知。

宋时楠捡起机票，走到她面前："你的。"

"哦……"女生慢腾腾地抬头，看见面前是特警装扮的男子后，扑哧一笑，"警官好！"

酒气扑面而来，宋时楠看到她身后一排空啤酒罐。

"醉成这样，恐怕不能登机了。"宋时楠瞥了一眼她机票上的时间，"改签下一班吧。"

"警官，你被抛弃过吗？"女生仰着头，醉眼迷离地看着他。

"我叫人来帮你。"宋时楠转身，衣角却猛地被她抓住："警官，我好晕，除了你，好像全世界都在转……"说完，她身子向下倒。

他伸手稳稳扶住她，向着不远处的急救车招了招手。

女生被急救车带走。

宋时楠这才发觉自己还拿着她的登机牌，他嘴角弯了弯，将机票交给了航空公司柜台。

“旅客因身体情况被送往医院了，机票先改签明天吧，几个小时后你联系她一下。”

“好，这位苏阮女士的手机号您能提供一下吗？”柜员小姐问道。

“没办法提供，这个年纪应该是网络购票，你们查查看吧。”

深夜，暴雨突袭。

航班大面积延误，旅客和航空公司发生冲突，几名地勤受了伤，宋时楠送他们到附近的医院。

在候诊区等待时，他听到广播说：“苏阮的家属，请到医生办公室来。”

苏阮。是同一个人吗？宋时楠犹豫了下，还是去了。

“酒精中毒，需要洗胃和催吐，去交一下治疗费。身为男朋友就要照顾好她，怎么让她喝成这样？”医生一脸不满。

本可以辩解，宋时楠却还是沉默了，他拿起单子去交费口，回来时看到了躺在急诊室的苏阮。

长发凌乱地覆在脸上，一张脸在灯光下苍白如雪。

宋时楠握着收据的手指紧了紧。失恋而已，值得把自己搞成这样？

此时她也刚好看到了他，尽管无力，双眼却努力睁大，对着他虚弱地笑笑。

“准备洗胃。”护士将帘子拉上。

两人相交的目光被切断了。

受伤的地勤此时已处理好伤口，他将收据塞进口袋，带着他们离开。

2

之后，他没有再遇见她。

春节过后，机场的学生多了起来。

宋时楠的中队除了巡逻，更多的扮演起了搬运工的角色，总有身单力薄的小女生们拿着比自己还重的行李箱，在机场急得跺脚。

她们总让他莫名想起那个叫苏阮的女生。

他还被队友笑了许久，说他在那个夜里做了一个陌生女孩的长腿叔叔。

有时他也会想，她后来顺利飞了吗？还喝酒吗？还随便抓着陌生人的手吗？

他坐在防暴车上，看着拥挤的人潮，轻轻喝了口冰水。

她大概早已忘了他吧。

深夜十一点，最后一班从北京飞回的航班落地，宋时楠打算和队友换岗。

一阵吵闹声从行李处传来，他习惯性地摸着腰间的配枪，走了过去。

一个行李箱倒在地上，轮子失踪，箱体裂开，女生的内衣和化妆品散落一地。

“这么晚了，我就自己一个人，你让我怎么办好啊？”一个长发女生背对着宋时楠，对工作人员申诉着。

“行李处已经下班了，要明天才能解决……”工作人员一脸为难。

“那我不能等一夜啊……”女生急哭了。

“我送你吧。”宋时楠在她身后说。

女生回过身，目光相接时，她先是一愣，之后满是兴奋地跑向他:“是你啊!”挂在睫毛上的眼泪还没干,就已经笑出来,“是你吧警官,我不会认错的,我是苏阮,靠在外面灯箱上那个……”

宋时楠弯身将地上的“小粉红”统统塞回箱子,解下腰带捆好箱子,无视了女生表现出的重逢喜悦,淡淡道:“我下班了,你住哪里?”

“我住宝安区,不,我住盐田区。”女生睫毛扑闪,眼底唇间有藏不住的雀跃。

“这两个区隔着五十公里吧,这也能说错?”队友们窃窃私语。

“走吧。”宋时楠却连个疑问都没有,提着她的行李箱走出去。

车子驶入京港澳高速。

“警官,你信不信命运啊?”苏阮坐在位子上,侧着身子对着宋时楠,“虽然我们只见过一次,可是你却一下子就认出我。对了,听说你帮我交了医药费,还帮我改签……”

“还喝酒吗?”他却只说了这一句。

“我长这么大也只喝过那一次酒,就被你遇上了。”苏阮一脸懊悔,但很快又笑容明媚,“不过,也幸好喝了酒。”

“才遇上你”这后半句她没好意思说出口。

“困了就睡会儿,要走一个小时。”宋时楠打算结束话题。

“警官,你刚才凭背影就认出我了?证明你对我印象深刻喽?”

“见过一面的人,凭脚印也能认得出。”他努力想否定她是有些特别。

她不是特别的漂亮,不是特别的出众,可是他却真的记得她,而且能在人海中一眼认出来。

“警官……”苏阮撒起了娇，“穿上制服是不是就不可以笑啊？你干吗总绷着脸啊？”

“2008 年汶川地震，我从废墟中背出四十三个人的尸体；2009 年乌鲁木齐暴乱，我和战友从暴徒手中抢回三条人命……每天都有人在绝望中想要活下来，可还是有人不爱惜生命。”

他说不清自己为什么会恼她。

苏阮语塞，看着这个眉眼浓重、面孔俊朗的男子。她只看到他一身雄性荷尔蒙爆棚的英武，却没想到他原来经历过这么多。

“我不会再喝酒了。”半晌后，她低着头说道。

他轻叹了一口气，不再作声。

他是原谅她了吗？只是几秒钟，她便已经恢复了笑靥如花的样子：“警官你什么时候有空，我可以找你玩吗？”

宋时楠没回应。

她就在车上翻腾起来，不一会儿找到一张通讯录，看着上面第一个名字，问：“宋时楠，是你没错吧？”

他拿回通讯录放回原处。

“13959……”她已经将那串手机号熟记，“我会每天都打给你的。”她笑意盈盈地说道。

到了盐田区，苏阮声称忘带钥匙。

宋时楠扭头看她，仿佛一眼看透她的心思。

“是，我说谎了！好不容易遇见你，我就是想和你多待一会儿，其实学校在南山……”苏阮掰着手指说道。

宋时楠的手机响了起来，他下车去接。

“出什么事了吗？”

“我有事，你打车回去吧。”宋时楠去搬行李箱。

“大事小事？有没有危险？会不会受伤？”在他说了他在新疆和汶川的经历之后，苏阮已经将他归入了拯救人类的英雄行列。

“保密。”

“地点呢？”

“保密。”

“宋时楠，”她站在他的身后，笔直得像棵小树，“你明知道我骗你吧？也知道我不住盐田，可是不揭穿我，是不是代表你也喜欢我？”

他走回车门边，开门的动作迟疑了一下。现在的女生，喜欢这些字眼都是脱口而出的吗？

“帮了我一次又一次，难道只是助人为乐吗？”苏阮追问。

“保密。”他驾车离去。

3

完成任务，已是三天后的傍晚，宋时楠回队里洗漱之后，才看到手机上满满的短信和未接来电，全部来自苏阮。

“我被出租车司机打劫了！快来救我啊！”

“我开学了，看到新生军训，就想起你了。”

“宋时楠你这个坏人，竟然都不理我，你知道多少男生追着想让我理吗？”

“坏蛋，不要忘记我，这张相片你要存在手机里！”

“宋时楠，你相信命运吗？有些人只要相遇了，就仿佛已经认识了生生世世。你，就是那个人。”

“不要受伤，不要流血，不要死掉，做到以上三点，不回短信也原谅你了。”

不要受伤，不要流血，不要死掉……心猛地被戳痛了，宋时楠慢慢地在椅子上坐下。

多年前也曾有人这样对他说过。他还谨守着承诺，那人却已经不在了。

“队长，你昨天旧伤复发，我陪你去拍个片子吧？”队友这时走过来。

“没事。”他起身走了出去。

他有些心烦意乱，在城区里漫无目的地开着车。

不知不觉到了南山区，等信号灯时，他拿出手机看着苏阮的相片。

在一望无际的绿地上，她穿着啦啦队服，长发飞扬，俏丽无比。

绿灯亮起，他放下手机，无意间摁了什么键，她的相片变成了手机的壁纸。

今天这里似乎有什么庆典活动，道路封禁，学生们列队穿过街口。

人群中，他再次一眼看到了她。

她扎着马尾，拿着金色的指挥棒，带领着整支仪仗队，正从对面走来。

一瞬间，他脑海中闪过了另一个人的脸。

深眼高鼻的维吾尔族女生，皮肤算不得白皙，却有一股异域之美。她带领着一队文艺兵踢着正步经过检阅台……

他的心突然拧痛起来，痛得额头上生了汗，喉咙里像卡了东西，让他喘不过气来。

也就是在这时，人群中突然发出一声尖叫，一辆小货车失控般从对面冲了过来……

更多的尖叫声响起来，苏阮的那支仪仗队停在斑马线上，队员们吓呆了。

宋时楠猛地踩下油门，避开学生，向着飞驰的货车冲过去……货车被撞出五六米，之后侧翻，车头冒起了滚滚浓烟。

气囊弹出，宋时楠的额头撞在车窗上，血飞快涌出来……他快步走下车，跌跌撞撞着跑向货车，将司机拖拽出来。

路人们这时才清醒过来，纷纷过来帮忙，拨打了急救电话。

司机是醉酒驾驶，所幸并没有大碍。宋时楠从人群中悄然退出，转身后看到了一脸惊恐的苏阮。

在她脚边，是他飞出车外的手机。

他快步走过去捡手机，却被她抢先一步，手机在她手中亮起，她的相片出现在屏幕上。

“给我。”他伸手。

“宋时楠！”下一秒，一个重重的巴掌落在他的脸上，他木然抬头，却见苏阮已经满脸泪水。

“你只能看到别人吗？你的命就不重要吗？你难道不会受伤不会死，你真的以为自己是什么英雄吗？”她冲他嘶声大吼，目睹了他拿自己的命去搏陌生人的命，她才意识到死亡的可怕，也才意识到，眼前这个男人，他可能随时会从这个世上消失。

他拿回手机，默不作声，血从额头上缓缓流下，结成了一条血痂。此时，他看到了她手臂上的一条划痕，也正冒着血，语气忽地变急。

“去医院吧，被栏杆划到，要打破伤风针。”他握紧她的手腕。

她挣脱：“不要你管，与其被你不顾性命地救了，不如我死了更好。”她的眼泪簌簌而落。

“记得去。”他转身走了。

“不要走啊！”她跑上来，从后面抱住了他的腰身，眼泪浸湿他的后背，“我不想你死啊，宋时楠，你可不可以不要做这么危险的事啊？！求你了……”她的脑海里不住地回放着刚才他驱车撞上货车的一幕，整个人都要崩溃了。

他站在那里，一动不动，感受着身后人颤抖的身体。

半晌后，他转身将她揽进了怀中。

他知道出于职业本能，不论她今天在不在场，他都会这么做。然而他更知道，他踩下油门撞上货车的那一刻，他的眼睛只看得到她。

在他怀中，她哭得更凶：“不是不理我吗？不是不回短信给我吗？不是一直当我是空气吗？那为什么还抱我啊？”

他只是将她抱得更紧，额上的血夹着他的泪水缓缓淌下。

二十岁那年，他执行防暴任务，他心爱的女生不远万里去找他，却在他面前停止了呼吸。

那一天之后，他发誓只要穿着制服一天，便不会再对任何女生动情。

可是这一刻，怀中这个女生却让他的胸腔地动山摇。

他知道自己违背了誓言，当这个女生和他在机场第一次相遇时，当她醉眼迷离叫他第一声警官时，她就如一道光，射进了他的心中，穿过他紧闭的心墙，一丝一丝地占据他心房。

这世间最不可控的，就是人的心吧，可是他起码还能控制住他的行为。他的职业让他随时命悬一线，永远不知道下一秒会发生什么，又怎么能……接起她的大好人生？

他松开了她，看到自己脸上的血沾在她俏丽的脸颊上，便用手指为她拭擦干净。

“我走了。”他转身大步离开。

“宋时楠！”当着全校师生的面，她在他身后用力喊他。

他走得更快。

“宋时楠，你站住！”

他依旧没有停下。

“警官！”她的声音带了哭腔。

他停下，手掌紧握，一颗心拧得生痛，但依然没有回头。

“我喜欢你！我喜欢你啊！”苏阮拼尽全力喊道，“不管你为什么拒绝我，我都等你！五年，十年，我都等你！”

宋时楠拦下一辆出租车，扬长而去。

4

整夜未眠。

他和衣靠在床上，看着窗外从深夜到黎明。

手机里的短信一条接一条，在城市另一边的那个人与他一样，枯坐到天明。

他起身写完了货车失控事故的报告书，一早递交上去，却领到了新任务—赴大学教学生几招防身格斗术。

大学校长很感激他英勇救人的举动，连夜送来锦旗时，就顺带问了一句。

可请求到了他这里就变成了命令，他不能拒绝。

一周后，额上的伤口愈合，他硬着头皮前往大学。

毫不意外，苏阮也在。他猜到她会想尽办法来上他的课，却没想到学员是清一色的女生。

那次事件后，他已经被全校的女生敬为男神。

“那就先教几招简单易掌握的，来个同学和我示范一下。”他的目光扫过对面。

有几个跃跃欲试的女生刚要上前，就被苏阮用眼神逼退，她喜欢警官的事早已在全院传开。

她站在了宋时楠的面前，事隔多日，她眼中的怨气却丝毫没减少。

他权当她是普通学员，努力控制着语气和情绪教她动作要领。

“现在我是敌人，手臂挟住你的脖子，你要怎么办？”他站在她身后，紧贴着她。

苏阮一动不动。

“时间就是生命，你要迅速还手。”他说道。

“你为什么不喜欢我？”她回头，额头擦过他的唇，直截了当地问出来。

“脱下制服前，我谁都不会喜欢。”他不再躲闪。

“所以我等你啊！”她嚷道。

“你刚失恋不久吧？女生这么花心不行。”他与她保持着劫持的动作，却谈起了情，引得女生们一阵阵唏嘘。

“失恋？那天是我爸妈离婚，原因是我爸有了外遇。”苏阮瞪眼。

原来……不知道为何，他心里松了口气。

“反击我。”他将话题转回课上。

“宋时楠，我讨厌你！”苏阮握住他挟在她颈间的手，用力一口咬下去，之后跑出了教室。

满堂哄笑，宋时楠看着虎口的牙印，嘴角不自觉地微微弯起。

5

之后的课，苏阮没有再来过。

每次开课前，宋时楠习惯性地望一望人群，眼中有一丝不易察觉的落寞。

为期一周的课程结束，他推掉了校长的邀请，独自在食堂吃饭。

他每天都在这里点一碗炸酱面，可今天的面他搅了又搅，却始终没有入口。

一个娇瘦的身影来到他面前，手指敲敲桌子："警官，食欲不振吗？"

他抬头，看到了一张熟悉而俏丽的脸，他低头，淡笑。

她将他的碗推到一边，握住他的手臂："我院风景如画，不如带你逛逛消消食？"她声脆如铃。

他起身，跟着她走出去。

两人走在翠绿的林间，苏阮面对着她，双手背在身后倒着走。

"你知道我为什么喜欢你吗？"猜到他不会回应，她便自问自答道，"遇上你的那天，是我这十九年来最难过的一天。我想把自己灌醉，想把所有事、所有人都忘掉……可是就当全世界都在我眼前旋转的时候，你出现了。"

他沉默地走在她身边。

"书上说，上天派来的那个人，有时他来得毫无征兆，没有早或晚，也不见得英俊，不见得浪漫，却会让你一眼爱上，像中毒一样，像上瘾一样，像身处梦中一样，却不知道什么时候会清醒。"

"你想清醒吗？"他终于开口。

她摇头："想陷得更深一点，拉着你一起。"她双眼盈动地望着他。

她对于他来说，又何尝不像一场梦，没有早或晚，像是被那天傍晚的风吹乱了心，像是被她迷离的眼勾走了魂。

他便也那么轻易地陷进去了。

“算了，不说这些了，反正你也不会懂。这一周里我没有来，你不想知道原因吗？”她扬着下巴说道。

他又不作声了。

“我打听到了你的中队，和你的下属们吃了饭，你的前生后世我都摸清了。”她满脸得意。

他停下来，看着她。

“他们说你的家是鬼屋，你的心里有座坟，让我千万别中美男计，掉头赶紧跑。”

“想去看看吗？”

“鬼屋？还是你心里？”她怔了一下。

他驱车带她到一个老旧的小区，登梯入户，来到了他的家门口，铁门上塞了厚厚一叠广告单，可见他已经许久没有回来过。

钥匙插入，门被打开了。

厚重的灰尘在流动的空气中被吹散。

是间整洁如新的屋子，所有家具摆设都是崭新的，样式简单，像极了他的人。

她慢慢走进去。

之后，她看到有一整面墙都蒙着白布。

“惊喜吗？”她快步走过去，哗啦一下扯开了白布，顿时蒙了。

整面墙镶满了大大小小的相框，有合影，也有单照，然而每一张照片上都有同一个维吾尔族女生。

“这是……”她回头看他。

“心中的坟。”他静静看着相片中的女生。

“她就是热娜……”苏阮慢慢地走近，手指摸过相片上女生的脸，“她真的如他们所说的一样美。”

他的故事在中队里早已不是秘密。2008 年他考入警校，认识了同为新生的热娜，他们共同经历了汶川救援和新疆防暴。2010 年他作为优秀学员被派往边境巡逻实习，热娜趁着暑假偷偷去探望他，却不想成为当晚边境暴动的无辜遇难者……

若他不是军人，若他没有考上军校，若他从不曾结识她……她依然是军中最美的文艺兵，活在太平盛世，或许此时已嫁人，已生子。

宋时楠不忍再看下去，重新将白布蒙上。

“他们说得对，从我身边离开吧。”他走出了屋子。

她从忧郁中走出来，来到他的面前，伸手将他用力抱紧：“宋时楠，我发誓，你不会失去我！从今天起，所有危险的事我都会远离。我不会再喝酒，不会深夜出门，不用天然气，不和陌生人说话……对了，听说化妆品也会致癌，我这辈子都不化妆了。”她说着就拿出湿巾将脸上仅有的口红拼命擦掉。

“苏阮。”他第一次叫她名字。

她怔怔地抬头。

“我会考虑的。”他慢慢说出这几个字，却让面前的女生无端端地掉了眼泪。

唇上还残留着一半的口红，眼泪已经失控，她重新抱紧他，任泪水落下。

这是她这一生里第一个苦追的男人，她永远都记得那个傍晚，她得知爸妈原来已经背着她离婚十年，却还在每个假期装恩爱接她回家，吃团圆饭……

她哭着打电话给他们，他们各自诉苦，却没人关心心痛的她。

她知道自己再也没有家了，她被这个世界上最爱她的两个人抛弃了。

她不想回家，在机场喝了一打的啤酒。当整个世界都在她眼前旋转的时候，他来到她面前，带着神祇之光。

那一刻，她记住了那张脸，他在她人生中最脆弱时走入了她的心。

她对自己说，如果老天还让她遇见他，她会抛开一切自尊和矜持去到他身边。

然而这个过程中，她真的很煎熬。她的电话和短信如石沉大海，她的热情和笑脸被他一次次无视，她爱得苦，爱得累，却依然不舍得放开手。

直到刚才，她终于盼来了希望。

她爱的那个人，对她说，他会考虑。

6

当天夜里，宋时楠在睡梦中突然胸痛难忍，被下属紧急送往了医院。

数年前一次任务中，现场突发爆炸，几块弹片刺入他的胸腔，有一块距离主动脉太近，无法取出，便成了他的隐疾，不会威胁生命，却不定时地让他痛得难忍。

下属一脸忧心："队长，你还是打报告退出一线吧。"

他将病历揉碎。

"你不为自己想，也要为苏阮想想啊，她性子倔，搞不好真的等你一辈子呢……"

宋时楠手掌紧了紧，重新看向那张病历纸。

若是别的女生，或许一时新鲜劲过去了就放弃了。可是苏阮，他知道她真的会。

他心中第一次生了退役的心思。

他写了报告，打算过几天交上去，却突然接到了命令，市中心某个银行发生抢劫案，劫匪手上有人质。

他和队友飞速前往市中心，刚赶到银行外，一个女生哭着跑过来："警官，小阮在里边。本来我是人质，可是小阮说她的男朋友一定会来救她的，便从劫匪手中换下了我……"

宋时楠的心猛地沉下去，像是落到了没有尽头的黑暗中。

他奉命接过了现场指挥权，卸下所有装备，只身走入银行内进行谈判。

劫匪只有一个人，手里没有重型武器，苏阮此时正被他用刀抵着脖子。

"我是现场指挥宋时楠，不要伤害人质，你们有什么要求？"宋时楠拖延时间，缓缓靠近。

劫匪谨慎地拖着苏阮向后退，身子一个劲轻颤着。

苏阮虽一脸惊恐，却没有慌乱，一双眼只看着宋时楠。

"你现在投降，是可以轻判的。我以前代过课，讲过相关的内容……"宋时楠看向苏阮，提醒着她。

苏阮猛地想到了之前上课的内容，趁着劫匪不注意，张嘴用力咬住了他的手！

"喂……"宋时楠惊叫一声，她怎么用了这一招？

劫匪痛得号叫一声，慌乱中手中的刀划过她的脸颊，那儿立时出现了长长的一道血迹。

宋时楠趁机飞扑向前，将劫匪制服。

任务顺利完成。

苏阮被送往医院进行治疗，宋时楠想跟过去，却无奈要收队返回。

回到车上，他给苏阮打电话，但她通通挂断了。

他不禁心急起来，掉转车头驶向医院。

医院门口，他收到一条短信。

“宋时楠，我破相了，我们不要再见面了。”

“宋时楠，你竟然真的一条短信都不回我，你浑蛋！”

他拉开急诊室的帘子，医生正在给苏阮的伤口消毒。听到声响，她回头，见到宋时楠时，整个人呆住了。

宋时楠身后跟着一队人，整齐地站在急诊室里。

“你竟然假公济私……”

“慰问英勇的受伤群众，算公事。”他看着她的脸，眼里有揉碎的疼惜。

“那说点动听的吧，考虑得怎么样了？”她疼得龇牙咧嘴，却还不忘向他要承诺。

“明天答复你。”他上前拍拍她的肩，“配合医生，保护好你的脸，除了漂亮，你也没什么优点了。”

他带着一队人浩浩荡荡地离开。

7

第二天，宋时楠将报告放在了上级桌上，回宿舍收拾东西。虽然这个决定有些伤感，但对即将而来的新生活，他却满是期待。

队友们出去晨练，他打算和他们一起聚个餐，便在队里等着他们回来。

电话猛地响起。

边境再次暴乱，第一支队伍已赶去，上级要求他们中队即刻前往。

上级的声音在电话里响着："听说你旧伤复发，这次能不能上？"

宋时楠犹豫了一下，看向桌上的那套黑色制服。

"暴徒凶残，你们队有些新人恐怕应付不来，如果让副队长带队……"上级迟疑道。

"我去！"宋时楠放下电话，重新将制服穿上，手机响了一声。

是苏阮的短信。

"宋时楠，我今天拆线了，医生说会留疤的。怎么办？我真的破相了……"

他手指飞快打下了几个字，之后跑去操场集合下属。

一个小时后，他们乘军机飞往任务地点。

8

苏阮在医院里坐了一整天，都没有收到宋时楠的回复，再打电话过去，那边已经关机了。

难不成他真的因为她破相就逃跑了？她气得从长椅上蹦起来。

她直奔他的中队，才得知他接了任务，归期未知。

回学校的出租车上，她的眼皮和胸口一直乱跳，她深呼吸，一再告诉自己，他接的可能只是一般的任务，以他的能力，他一定不会有事。

况且，他还欠她一个答案，对于军人最重要的不就是承诺吗？

只是，归期未知，等他回来，会不会已经忘记她？

她就在这种担心焦虑中，过了一个月。

周末，她去他家，假装丢了钥匙，请开锁公司开门。

她见不到他的人，在他家里多少能踏实一点。

她挽起袖子将屋子里里外外收拾得一尘不染，最后站在那面相片墙前发起了呆。

这个女生，至今还是他心里的那座坟吗？如果她偷偷把相片丢掉……

她赶紧摇了摇头，将邪恶的念头挥散。之后她重新拿起抹布，将一个个相框擦得光洁锃亮。

最后，她把一张自己的相片贴在了最下面的角落里。

她在天黑前离开了他的家。

她依然给他发短信，每天都发很多条，但依旧没有收到过回复。久而久之，她也习惯了，舍友们都说，她在谈一场一个人的恋爱。

她只是笑笑，她知道，那个人在她心里。

那个人一定会回来给她一个回复。

闲暇时间，她在一个退伍军人那里学习格斗术。

之前他来学校教的那几招，她如今已经练得炉火纯青。

她还谨守着给他的承诺，不深夜出门，不独自远行，不使用天然气，还有不化妆。

虽然她素面朝天，可学校里追她的人依然络绎不绝，有些男生还厚着脸皮强拉着她去吃饭，她吸气，再呼气，镇定自若地反握住男生的手，向前一托，来了一记漂亮的过肩摔。

此后三年，她成了学院再无人敢问津的女生。

9

毕业后，她放弃了高薪的职位，在他中队对面开了一家炸酱面馆。在她学校时他曾连点了一周炸酱面，想必是最爱吃。

每逢有警官前来，她都会问问："宋时楠警官回来了吗？"

开始还有人回答，到了后来新人入伍，连宋时楠的名字都没有听说过了。

他们问她："是男朋友吗？值得你等这么多年吗？大概他抛弃你了吧，这么多年了，赶紧开始新生活吧。"

她笑得爽朗："可能是被抛弃了吧。可人的心只有那么大，他不走，别人也就进不来啊。"

她已经做好了一辈子等下去的打算。

直到那个清晨，一个穿着制服的中年男子来到她的面馆，静静地吃了一碗面，付钱时，将一个木盒放在了她的面前。

"面很好吃，若是他来，也一定会喜欢。"男子缓慢地说道。

她看着面前的男人，嘴唇莫名地轻颤。

"盒子里，是什么？"

"他留给你的。"

盒子封存的时间是2012年7月，也就是他离开的第二个月。

"为什么才交给我？"

"他的意思。他说盒子不交出来，你会认为他拒绝你了。可是现在都三年过去了，我还是决定拿出来。"男子叹气，"他走了，你也是时候重新生活了。"

男子步伐沉重地走出去。

苏阮打开了盒子，里面有一部手机、一个刻着他警号的铜牌，还有一封退役申请书。

手机里边存满了她的短信，还有几十条未发出的短信。

原来她之前发的每一条短信，他都有回复，只是每一条都按捺着没有发送出去。他先前一直压抑着对她的爱，而之后只为了给她一个圆满的结局。

她一条条地看过去，眼泪忽如暴雨般倾泻而下，挡住了所有的视线。

她："我买了新鞋，美不美？"

他存："降温了，别再穿露脚踝的脚，老了就落病根了。"

她："昨晚上厕所时撞到了头，今天额头好肿啊，但是只要你来，变成丑八怪，我都敢见你。"

他存："前三天冷敷，之后热敷。"

她："你有没有一分钟，哪怕一秒钟，想起过我的脸？"

他存："很多很多分钟。"

她："你个呆子，我有毒的，咬过的伤口有没有去打针消毒啊！"

他存："不要咬别人就好了。"

她："喂，其实我对你是一见钟情，你别笑哦，那么你呢？"

他存："那，你也别笑。"

她："宋时楠，我破相了，我们不要再见面了。"

他存："我娶你。"

她："宋时楠，你竟然真的一条短信都不回我，你浑蛋！"

他存："我娶你。"

她："宋时楠，我今天拆线了，医生说会留疤的。怎么办？我真的破相了……"

他存："等我回来，娶你。"

有人曾在风中说爱我
say you love me

1

那个男人的相片，苏纯最早是在这所学校的档案馆里看到的。

他的脸很瘦，肤色白皙，眉毛像浓黑的剑，一双眸黑而深，透过相片都依稀能感受到逼人的英气。

“不是暖男呢。”苏纯清扫着档案柜上的灰尘，喃喃道。

韩剧看得多了，苏纯喜欢眉目温和的暖男，像苏洲，苏纯的弟弟，十八岁的小男生长着一张干净又温和的脸，笑起来好像能融化所有。

因为苏纯的妈妈去世得早，所以苏纯对弟弟有种近乎母爱的宠溺。

三年前，也正是为了他，她放弃了一生的梦想，只身来到了北京。她晚上兼职代驾，白天便在学院的档案馆里做义务管理员。

周五学校提前放学，全校师生都在准备即将来临的校庆。

很多毕业生都在下午回到学校帮忙，苏纯坐在档案馆的书架下，整理着往年校庆资料，突然一只手伸向她。

男子的手，掌心宽阔，指节分明，掌纹清晰漂亮。

苏纯抬头，看到了一张清俊非凡的脸。

“资料整理好了吗？主任让我拿过去。”

“哦，给你。”苏纯忙起身，将厚厚一叠资料递给他。

“谢了。”男子转身，之后又回头，“你是这届新生？”

“嗯。”苏纯慌乱地答道。

男子微怔，眼中闪过一丝不易察觉的惊喜，脸上却是浅浅一笑，说道：“那，加油。”

午后阳光洒过他的脸颊，那笑容仿佛带了神祇之光。

苏纯的心跳猛地就漏了一拍。

是他，档案里出现的那个优秀毕业生，本院本硕博连读，建校几十年里唯一一个奖学金大满贯获得者—杜希桓。

午后，苏纯推着自行车经过学校广场，看着被装饰一新的礼堂，她慢慢地呼了一口气，她的梦想是也可以收到邀请卡，参加校庆。

她正想着，突然感觉撞到了什么。

苏纯猛地回头，发现她的自行车撞到了一辆黑色的轿车，一条长而深的划痕出现在车门上。

这辆车的品牌她曾经在一部电视剧中见过，盾牌中间有一匹飞腾的马，她记得一辆车就要上百万，那么这条划痕……怕是要赔几万块吧。

苏纯出了一身的冷汗，校园此时人迹稀少，一个念头划过她的脑海。

几秒钟后，她颤抖着身子，蹬着车子飞快地逃离了现场。

苏纯坐在街边的长椅上，忐忑地过了整个下午。

终是熬不过自责，她在傍晚重新回到学校，将写着自己手机号的字条贴在车窗上，刚要离开，车灯亮了两下。

她惊慌转身，一个穿着黑色修身西装的男子走过来，眉头轻拧，正讲着电话，根本没有意识到她的存在，径直上了车。

杜希桓。那一刹那，苏纯大脑空白。

“您好……”她鼓足勇气敲窗，“我蹭坏了您的车。”

男子微怔，手掌捂住手机顿了几秒，回道：“我会联系你。”之后驱车风一样地驶离校园。

苏纯望着车尾发怔。

整晚，她握着手机等待着，心中矛盾不已，既希望听到他的声音，又害怕那个要赔偿的数目，一颗心吊在嗓子眼。

深夜十点，手机终于响了，却是代驾公司打来的，通知她到二环昆海酒店接单。

她匆匆赶到酒店，从酒店保安手里接过车钥匙。坐进车里，她才看清了倒在后座上沉醉不醒的客人。

杜希桓。

她的心跳突然变得空前的激烈。

他们说，一天之内遇见三次，便是上天注定的缘分。

这个人，是她的命中注定吗？

2

代驾隔天，她接到了一个陌生的电话。

“两点半在证券行楼下的咖啡厅见面吧。”是杜希桓，声音里没什么情绪，讲话也利落，甚至并没有等她的回应，便挂断了电话。

听着电话里的长音，她的心跳得猛烈。

通话间，她恍惚听到他同别人说，加仓四千万，差价做 T。她听过金融课，明白加仓和做 T 是什么意思，看来他是从事证券业。

虽说是为了赔偿事宜才见面，但苏纯还是特意穿了一条最满意的裙子赴约。

午后的咖啡厅，人并不多，她推门便看到了坐在角落里的杜希桓。他的目光落在面前的笔记本电脑上，手指在键盘上飞快地操作着。

她安静地在他的对面坐下，见他咖啡旁边的奶和糖都只开了封口，还未加上，便悄悄地帮他加上，搅拌好，将杯子推到他的手边。

杜希桓微抬头，目光很快又回到电脑上。

“你有多少钱？”他并没看她，声音也没什么温度。

她急忙打开钱包：“四百一十七块。”

“给我。”

她将整个钱包推给他。

“名字。”

“苏纯。”

她答得忐忑。

杜希桓再次没了声音，半个小时后，他将笔记本屏幕转向她。

“我刚才为你开了股票账户，用你的四百一十七块赚了四千块，本金还你，其余的算是你的赔偿款，我接受了。”他这才端起咖啡慢慢品尝。

苏纯难以置信地看着电脑，看着上面的账户和金额，再看向他时，心里已将他敬为神。

“你好厉害啊。”她怔怔说道。

“你念哪个系？”他再饮了一口咖啡，“这里只放了半份奶吗？口感不错。”

“行政管理。”她瞎扯了一个。

“帮你搞定了赔偿款，不感谢我吗？”他浅笑。

“啊？”苏纯被他搞得蒙了。

“下周请我吃饭吧，我很想念学校食堂的牛肉饭。”他再次淡笑，“你知道的，我没有饭卡。”

“好啊，好。”苏纯脑子发蒙地应下来，临出门时还走着神，差点撞在落地窗上，杜希桓眼疾手快将手掌护到了她的额前。

额头触到他温热的掌心，她木木地抬头看向他。

他嘴角轻轻翘起，似自言自语：“一点没变呢，苏纯。”

她微怔。他们曾见过吗？

“慢慢回忆，你总会想起来的。”他唇边含笑，走了出去。

苏纯当晚就把小学到高中的毕业手册通通翻了一遍，毕业照也一一核实过，但那些青涩的面孔中实在找不到杜希桓。

最后，她却在一张泛黄的校报上看到了杜希桓的名字—庆祝杜希桓成为全市高考状元。

原来他与她念过同一所高中，难道那时候他就有注意到她吗？

苏纯目光扫过毕业照，不禁哂笑，那时候她还是又瘦又干的黄毛丫头，又怎么会引起他的注意？

或者，他是认错了人吧？也许他想找到的那个女生与她面孔相像？

可就算这是个失误，也是属于她的奇妙姻缘吧？苏纯嘴角轻扬起，暗暗想着。

3

一周后，她和杜希桓面对面在食堂吃牛肉饭。

回到母校的杜希桓整个人轻松了许多，说一些上学时的事给她听。

“你们现在的系主任，我毕业的时候还没结婚，人很腼腆，现在怎么样？”他问。

“还……还是那样啊。”她紧张得往嘴里塞了一大块牛肉。

“你很怕我吗？”

“没有啊。”她把头摇得如同拨浪鼓。

他淡淡笑开：“很多人都说我有些严肃，不过我会时常对你笑的。”

“为什么？”她抬头看着他，直肠子似的问出来。

他放下筷子，换上一副认真的表情：“我们证券界只讲回报率，你所得到的，自然都是你应得的回报。”

“可是我都没有做什么。”

“这个。”他从口袋里拿出一张字条，是那日她夹在他车上的，“等你有一天离开校园，你就知道这个有多难得珍贵了。”他顿了一下，“当然了，还有一些别的。”

她怔怔地看着他。她真的很想坦白，她不是他要找的那个女生，然而犹豫了半天，终于还是舍不得道破。

“对了，你对股票感兴趣吗？哪天去我公司玩。”

饭猛地卡在她喉咙里，他是在约她吗？

“学长，”她木木地问道，“你喜欢什么样的女生？”

“成绩好，单纯善良。从小到大，我身边的朋友也都是保送生，一心念书的孩子，自然也单纯得多，我也习惯了在这种圈子里交朋友。”

“其实，笨孩子的世界也蛮有趣的。”苏纯心虚道。

他只笑不语，安静地吃饭。

苏纯吐了一口气，她所在的世界是他所不能接受的。对他来说，那不是笨孩子的世界，而是弱者和失败者的地界吧。

他们吃饭期间，总有学生对着杜希桓指指点点和尖叫，虽然已经毕业几年，他的名声却依然经久不衰。

杜希桓似乎早已习惯，叠着腿悠然自如地吃完了整碗饭，见苏纯将菜花都挑到了盘子一边，他便用筷子夹起递回到她的嘴边。

“小姑娘，适当的蔬菜还是要吃的。”他的声调柔软下来，仿佛她真的是幼儿园挑食的小孩子。

她呆呆地看着那朵菜花，这样的亲密来得有些突然，然而她还是顺从地张嘴吃掉。

他的手就轻落在她的头上，像是夸奖般，轻轻拍着。

他一定，会喜欢那个与她长得相像的女生吧。苏纯思忖着，心情不自觉就有些沉重。

饭后两人离开食堂，他问她：“你下午的课在哪里上？我送你过去。”

“不用了学长。”她急忙推辞。

他的手突然抬起来，落在她的头发上，她不禁浑身一紧，全身似是过电般一动不能动。

他拿下了她发丝上的一片落叶，之后淡笑道：“那我看着你走。”他眼里有明显的宠溺，似乎她是走路都要人看着的小朋友。

“好。”苏纯脑子里嗡嗡乱响，她向前走，心里像有一罐温热的甜浆满溢。

直到她走入教学楼，他才转身上车。看着他驱车离去，苏纯的脑海里猛地冒出了另一个女生的身影。

代驾那晚，他在后座上沉醉不醒，一个长发靓丽的女生从他的别墅里出来，递了两百块给她，扶着他头也不回地走进去。

那个女生……他是不是也叫她小姑娘呢？

4

隔天，苏纯去听经营学概论的大课。她还没坐稳当，一只手轻叩她的桌面。

“让让。”一个声音透着霸道的女声响起来。

她抬头，过道上站着一个五官姣好的长发女生，抱着书，挑眉正看着她。

她认得这张脸，即便那天夜里光线昏暗，她还是认了出来——杜希桓别墅里的那个女生。

只是没想到，对方也在这所大学。

她的心沉了一下，没有动，指了指前排：“那里也有座位。”

“可我想坐这里。”女生仰着脸，“喂，旁听生，你更适合坐在过道上听课吧。”

“秦阮阮，教室里有的是座位，你干吗难为她？”一个男生在后排打抱不平，他拉过苏纯，让她挨着自己坐下来。

“校董公子我惹不起。”秦阮阮撇嘴轻笑，走到前排，声音却还是飘过来，“某人向我提起你了，你的身份我暂时没说，可不敢保证哪天心情不好就说漏了。”

苏纯的心猛地一紧，手指握紧，站了起来。

“怎么？你和他只吃了一顿饭而已，你不是真的以为他喜欢你吧？”秦阮阮却似乎刚拉开了战局。

苏纯说不出话，身子轻颤。她的死穴，竟然被秦阮阮牢牢握在手中。

“他可不是什么名校毕业的无用书生，他是杜希桓，近两年股市的传奇私募操盘手，每秒钟都有上下几亿元的钱从他手中流过，你不要做梦了。”

“我的事我会亲口对他说的。”苏纯起身走出了教室。

“苏纯，”后排男生跟着追出来，“你不用怕她，我会帮你的。”

“展靳，上次借我饭卡，谢谢你。”苏纯低着头，声音闷闷的，“其他的事，你也帮不上我。”

“我帮你打听好了，月底学校有对艺术生的补招考试，你若是想考，我帮你。”展靳说道。

“补招？是正式生吗？”苏纯顿时喜出望外。

“当然。不过我要和我爸爸说你是我女朋友，他才能答应帮你。”展靳的眼底闪过一丝狡黠，“只要假扮就可以了。”

刚才秦阮阮都说了他是校董的儿子，或许他真的有办法，况且只是假扮女朋友……苏纯有些动摇了。

三年前为了弟弟，她放弃了上大学的梦想，后来来到了这所大学，趁着在档案馆兼职的工夫，天天跑去蹭大课。

在这所大学里，和学生们一起读书，一起听课，苏纯觉得自己像活在梦中一般。

可是梦会醒，她到底只是一个无名无分的旁听生。

原本她就渴望着上大学，如今有了杜希桓这个原因，她的愿望就更加迫切了。

她重新看向展靳，郑重地点了头。

没有蹭到课，苏纯回到档案馆后对着一柜子的资料发呆。

手机响了一声，是杜希桓发来的短信。苏纯的心跳顿时加快了，他约她晚上看电影。

她回了一个好，之后脑中猛地又蹦出来了秦阮阮的脸。她心里挣扎不已，还是问出来："那晚在你家，我见到一个女生……"刚输入了几个字，听到有人叫她，她忙将手机放到一边，急匆匆走出去。

可她还是碰到了发送键，信息发了出去。

等她再回来发现时，悔得快要掉眼泪。杜希桓没有回复，手机整个午后静如深海。

他是生气了吧，他气她碰触了他的隐私吗？

5

她在广场的电影院楼下等了整夜。

杜希桓没有出现，她爱他爱得卑微，甚至不敢打电话问一句。

十月份的深夜已有些凉意，她穿着单薄的纱裙在晚风中瑟瑟发抖。

广场上的钟表指针快要指向十二点，路上行人稀少，车子一辆辆从她的面前飞驰而过，路灯下，她只觉得自己难过得快要窒息。

十二点钟声响起，她闭上眼，不禁想到了灰姑娘的童话故事。

杜希桓仿佛命运给她的一丝光，如今没了他，她终于回到了灰头土脸的人生。

她慢慢睁开眼，眼前猛地多了一个人影。

是杜希桓，他风尘仆仆地来到她的面前，带着这个城市深夜的气息，胸口起起伏伏，一言不发地将她揽进了怀中。

“公司出了些问题，来不及通知你。”他的声音里满是歉意。

她的泪水就那么毫无征兆地落下来，她原本以为美梦已经终结，以为再也不会见到他，原来只是她患得患失。

她将脸埋进杜希桓的怀中，一颗心再也不能平静。

“学长，我什么都不再问了，也什么都不在乎，能够在你身边就行了。”她哽咽着说道。

“可我做不到。”他抬起她的下巴，一双眼深深看着她，“我与阮阮并无关系，她是投资人的妹妹，与家人闹不和，暂住我家。”

他用掌心捧起她的脸：“你担心的那些，都没有发生。”

苏纯二十岁的人生中，第一次感觉恋爱的暖和甜。

两人一起去看了午夜的爱情电影，影院只有几对情侣，影像缓缓放映着，空气中弥漫着甜蜜而温馨的味道。

他们共饮着一个大杯的可乐，一个大桶的爆米花，光影跃动，苏纯出神地望着身侧的杜希桓，只觉得身处一场不可思议的梦中。

她正傻傻地看着他，他忽地弯起嘴角，之后伸手将她的小手裹进掌心。

他压低声音：“错过的剧情，我会讲给你听的。”

她这才赶紧将目光转回屏幕上。

电影中女主角问男主角："你爱了我多久？"

男主角还沉默着，她身边却有个声音轻轻响起："三年。"

苏纯愣住了。

电影的女主角又问道："会爱我多久？"

这一次身边安静了，她轻轻转脸去看他，他的脸就那么猝不及防地贴过来，一个吻轻落在她的额头上。

"苏纯，"他将她拥进怀中，"三年前弄丢了你，这一次我不会再放开你了。"

三年……原本还有满心的疑问，然而在他怀中，她做了最后的决定。

如果解释清楚的代价是失去他，如果她真的窃取了别人的幸福，那么她也宁愿一错到底，执迷不悔。

她与杜希桓陷入热恋。

周一到周五，杜希桓每天午后三点收市后，便会来学校门口接她，两人逛街吃东西或者在他家窝一晚。

每逢周末，他便开着车带她在周边风景好的地方度假。

学校里渐渐有人对她刮目相看，一个旁听生都能得到校级男神的青睐，光是听着都觉得十分励志。

杜希桓偶尔也问到她的学业，她也只能含糊地蒙混过去，心里却因为欺骗他而自责不已。

补招的事，终于在一个月后有了消息。展靳说帮她安排面试，地点是在五星级酒店的一个会客厅里。

原本那天杜希桓的表姐结婚，他们说好了一起去，为了面试，她临时推掉了安排，和展靳前往酒店。

他将她带进了一个房间，说考官一会儿就到，可是说话间，他的手就已不安分起来，将她推在墙上胡乱亲起来。

她吓得不轻，拼了命地推开他，衣衫不整地夺门而出。

她一路飞奔着跑到酒店大堂，却与来参加婚礼的杜希桓撞个正着。

他看着衣衫凌乱的她，还有她身后那个穷追不舍的男生，就已经猜到发生了什么事。他的脸色变得非常难看，众目睽睽下，他将上衣粗鲁地扔给她，抓住她的手将她带离酒店。

到了他的车里，他不看她，而她缩在角落里只是哭。

她想把所有事和盘托出，可是刚张嘴，就被他叫停。

“我会查出一切。”他把她送回住处，之后头也不回地驱车离开。

6 ●○ ○○

展斩在隔天清晨拦下了苏纯。

他的脸上写满了懊悔，随后他递上了一张申请表：“填了表就可以申请入学了。苏纯，我昨天喝了酒才犯浑了，但我是真的喜欢你。”

苏纯低着头，眼睛盯着申请表，内心十分挣扎。

“你放心填表格，剩下的我会帮你办好。以后，我会堂堂正正追你的。”展斩的语气里满是真诚。

苏纯伸出手，怯怯地拿过了申请表，一言不发地走开了。

整整一周，杜希桓没有再联络过她。

坐在午后的档案馆里，看着优秀毕业生里杜希桓的相片，她的泪水一行行地落下来。

她知道一切都结束了，他离开她了。

她依然去教学楼蹭大课，却只是默默地坐在最后一排，盯着黑板，从清晨到日落，笔记本上不知不觉就写满了杜希桓三个字。她想要擦掉时，却发觉每笔每画早已如篆刻般深深地印在她心上。

她也依然做着代驾，送一个个醉酒的客人回家，却在晚风袭来的深夜里，听着汽车广播就会莫名地流泪，哭得不可抑制。

收到了客人投诉，她也只会鞠躬道歉："对不起对不起对不起……"道歉的话说了一遍又一遍，每说一次，她都恍惚觉得面前站的人是杜希桓，却总在抬头时，看到一张张陌生的脸。

泪水没有任何征兆地落下，她才明白，最应该听到这三个字的那个人，他再也不会来了。

展靳履行诺言，为她办理了入学手续，每有进展，都会在课堂上传一张字条给她。

每张字条的最后，他都写上一句抱歉。

苏纯将字条扔开，心里早无波澜，对展靳的失礼，对入学的期待，通通如石子入海，寂静无声。

几次之后，展靳便不再主动找她，两人渐渐形同陌路。

后来她遇见了几次秦阮阮，先前秦阮阮还对她冷嘲热讽，到后来，可能也知道了她与杜希桓的事，也就视她为无物了。

有几次，苏纯怔怔地看着前排的秦阮阮，都很想抛开一切自尊去问问对方，他还好吗？

然而她不敢，怕听到他不好，更怕听到他好。

她就这么挨到了寒假。

放假前一天，她正上着课，突然有人来找展斬，说是他爸爸得了急病，人事不省了。

展斬的脸上却没有很多的惊慌，他从苏纯的身边走过去，又回头看向她，眼睛里有怒火燃烧。

他咬着牙对苏纯说："姓苏的，从此我们两清了！告诉姓杜的那小子，这一回我展家认栽！"

苏纯心中一震，杜希桓，为什么会提到他？之后她苦涩一笑，杜希桓的事，她怕是早已管不到了吧。

深夜，她正收拾行李打算回家乡，却接到了公司的电话。

有客人点名要她代驾，而且对方出了一个天价。

苏纯迷茫地赶到某个酒店的楼下，看到了一辆熟悉的黑色车子。

车后排，一个俊秀非凡的男子静静地坐着。

她久久地呆立在那里，掌心出了层层汗，半晌后她才颤抖着打开车门，坐了进去。

她的一颗心快要跳出胸膛，怯怯地从后视镜里看着男子。

"去哪里……"

"先离开这儿吧。"杜希桓开了口，声音中尽是疲惫。

车子缓缓行驶在深夜的街道上，苏纯悄悄从后视镜里看着杜希桓，他双眼微闭，似在沉睡。

两个月未见，他清瘦苍白了一些，五官却愈加立体，一张脸上挂着淡淡的愁郁。

"还……还好吧？"她怕他酒后晕车。

"我们离开这里吧。"他依然合着眼，低沉的声音却响了起来。

“离开这里？”她看着他的脸色有些不好，便将车子停到了路边，向后探着身子去摸他的额头，“不舒服吗？要去医……”

他抬手，在额头上反握住她的手，缓缓睁眼：“离开这里，我什么都不要，只要你。”

“发生什么事了吗？”苏纯莫名地紧张。

他拿出一张机票：“明天早上，我在机场等你。”

“你总要告诉我发生什么事啊！”苏纯快要被他的反常吓哭了。

见她眉头紧紧拧起来，一脸天下大乱的表情，他反倒轻笑了出来，手掌抚上她的头发，声音轻轻地说道：“三年前，我第一次见你，你就是这副表情。”

他似是讲述一个故事，缓慢而声音动听：“三年前的附三中的高考考场，你明明已经涂好了答题卡，至少也有 95% 的胜率，那时你的脸上突然出现这个表情，之后你一题题擦掉了答案，直到答题卡重归空白……”

苏纯难以置信地看着他：“你……你怎么会知道？”

“之后的每一科，你都交了空白卷。考试结束的那天，你从教学楼向外走，人像丢了魂一般，差点撞在落地窗上，所幸有人用手掌挡在了你的额前，可你却头都没有抬，连个谢字都没有，就走了……”

三年前……苏纯发疯地回忆有关杜希桓的所有记忆……

她终于想起来，那一年，市里从北京抽调了十名大学生到家乡监考，其中之一便是杜希桓。

“所以，你早知道我不会考上大学……”她的声音中尽是震惊。

“高考之后，我便打听到了你的事，知道你家境不好，为了让弟弟上大学才交了白卷。我一直都关注着你的消息，后来你离开家乡，我托了很多人寻找你，却都没有结果，直到那天在档案馆看到你，你知道我有多开心吗？那天在餐厅，我说喜欢读书好的女生，是想鼓励你复读，却给了你压力，害你差点遭遇危险，我很自责。”

“是我的错，是我欺骗你。”苏纯的眼泪再次落下，“我怕自己配不上你……”

“所以，现在可以和我一起离开了吗？所有的一切，从头来过。”

苏纯看着他的眼睛，不由得想起了白天里展靳的那句话，心里涌起一阵阵的不安，她知道一定发生了什么事。

然而她还是对他点了头。这个世上若注定会有一人，能够让她不问原因，不管前方是火海刀山还是地狱阴间，都笃定跟随……那么这个人，一定是杜希桓。

她轻偎进他的怀中，闭上眼，纵使整个世界即可崩塌，她亦没什么遗憾。

杜希桓揽着她，双眼轻合，一滴泪缓缓滑下。

苏纯，我不想让你看到这个世界的险恶，也不能让你看到我的残忍。你只要记得，那个不管走到哪里都会迷迷糊糊撞上落地窗的女生，我已经等了她三年，我曾发誓一下次遇见，我绝不会再放开她的手。

7

第二天，苏纯赶到机场时，杜希桓已经在大厅等候。

她雀跃地穿越人潮向他跑过去，却有一个人猛地挡在了她的面前。

是秦阮阮。

她戴着墨镜，苏纯却依然能感受到她眼中的寒意。

“我想在你与他私奔之前，你有必要知道他到底为你做了什么吧？”秦阮阮声音冷冷道。

苏纯原本还想绕过她，却猛地愣在了原地。

她终于知道杜希桓为什么会在昨天深夜出现，又为什么会整整两个月没有联系她。

他查明了那天她在酒店被展靳非礼的事，从那天起，他便动用身边所有的关系设了一个局，引展靳的爸爸来他的公司投资。

两个月的时间，他先是为展家将财产翻了一倍，之后勾起了展靳爸爸的贪心，让展靳爸爸将全数身家交给了他……

这一次，展家倾家荡产。

展家的旗下所有公司在今天一一宣布破产，展靳的爸爸心脏病发作，正在抢救……

而杜希桓之所以会这么心狠手辣，只是因为展靳在大学里四处宣扬，他已经毁了建校史上最清纯漂亮的旁听生苏纯的清白。

苏纯一时间只感觉浑身都失了力气，她自人潮中看着不远处的杜希桓，他竟然为了她，做出这样的事。

“现在你开心满意了吗？你成功地让一个从出生到现在都

如太阳般瞩目的人，变成了金融界的一个笑话。他苦学了那么多年，奋斗了那么多年，现在却成了所有人眼中最无能的一个废物。展靳爸爸的朋友现在出一百万买杜希桓的双手，除非他能让展家重新东山再起。可是杜希桓却拒绝和谈，宁愿冒着失去双手的风险……”

“我去劝他！”苏纯已经顾不得许多，扔下秦阮阮就向杜希桓走去。

“你劝他有用吗？他把这些年的所有身家都赔给展家的商业伙伴了，他已身无分文，他拿什么重回证券业？”

苏纯只觉得全身瘫软，她不懂什么证券，更不懂东山再起需要付出什么代价，她只知道，她毁了他的一生。

她毁了他如日中天、高高在上的一生。

“该说的我都说了，我来提醒你，只是想让你在悔恨和自责中和他度过余生。我不喜欢你，对于抢走我爱的人的你，只能这样狠毒地祝福了。”秦阮阮说完，便转身离开了。

苏纯的心中犹如经历了一场地动山摇的海啸，她躲在柱子后面远远地看着杜希桓，那个人是她用心爱着的男人，她可以为了他放弃一切，此时却没有走向他的勇气。

她转身跑出机场，在停车场拦下了秦阮阮的车。

“你帮帮他，我知道，你一定有办法帮他，对不对？”

秦阮阮坐在驾驶座上冷笑：“对啊，送他重回顶峰，对我来说轻而易举，可你能付出什么？”

“什么都可以。”苏纯坚定地答道。

“想想看，你的一切我都没兴趣，”秦阮阮摘下墨镜，“这样吧，如果你能从这个世上消失，我就考虑帮他。”

从这个世上消失……苏纯的脑子早已不会思考，她只知道她要杜希桓回到从前光鲜的生活，她不可以让他这些年的努力因为她而白费。

不远处，机场的清障车正飞快驶来。

只要我消失就可以了吧……苏纯反复念着这句话，之后像是失了心智一般冲向了飞驶而来的清障车……

尖锐的刹车声划破天际。

苏纯的身子从半空中重重落下，倒在了几米外，血很快染红了路面，而秦阮阮吓呆在车里。

路人不断围上来，有人在尖叫，有人拨打了急救电话……

大厅里，杜希桓捏着两张机票，满怀期待地等待着那个熟悉的身影向他飞奔而来……

8

苏纯醒来时，是在雪白的病房里。

医生拧着眉头和秦阮阮说着什么，秦阮阮双眼通红，只是不停地哭。

见她醒了，秦阮阮飞扑上来，痛哭着对她说什么……

然而属于她的整个世界却变得无比寂静，秦阮阮的哭声，医生的叹息声，桌上仪器的嘀嗒声……

她仿佛来到了一个无声的世界。

她知道，她终于有了不能再走向杜希桓的理由。她摸到桌上的纸笔，吃力地写了一行字，递给秦阮阮。

“不要告诉杜希桓。”

秦阮阮哭着摇头，泪水四溅，脸上的悔意快要将她生生吞没。

苏纯却扯着脸上的绷带，轻轻地笑了，又慢慢写了一行字。

“送我离开，继续过你的生活，兑现你的承诺。”

“阮阮，我原谅你了。”

9

一年后。

海边的疗养院里，一个穿着病号服的女生坐在一群老人中间，静静地看着电视上的一档证券节目。

主持人和请来的嘉宾正在讨论最近的股市行情，那位嘉宾有着清秀的容貌，眉眼墨黑，五官立体而俊美。

节目下面的标题写着，本期嘉宾：证券业卷土重来的传说—杜希桓。

老人们围在电视前面打着牌，一个个的表情都夸张得要命，不管输赢都会手舞足蹈，像是不懂事的孩子。

节目播完，女生慢慢起身，沿着医院的长廊走向海边。

那场车祸引起的震荡，毁掉了她的听觉神经，她从此再也听不到来自这个世界的声音了。

秦阮阮也因此如约给了杜希桓一笔巨资，让他从头来过。

苏纯给杜希桓写了一封信，说明她与展靳只是一场误会，希望他能帮展家东山再起，还称自己从小生活贫穷，不愿与身无分文的他私奔，若他真的爱她，等赚够一千万再去找她。

她的人间蒸发和绝情让杜希桓重新燃起了斗志，半年内做回了证券业的点金手。

而她也从一个医院，辗转到另一个医院，接受康复治疗，忍受着无尽的苦痛与试验，最终医生们还是一个个向她摇头。

她打算离开北京。

离开那日，她到他所在的证券行楼下点了一杯咖啡，半份奶半份糖，静静地坐了一个下午。

她记得离开那日，风很大，吹得她站不稳，然而她隐约听到一个声音。

她听到他在唤她，留下来，嫁给她。

她听到他说，他爱她。

然而，这一切只是幻觉吧。她苦涩地笑笑，任那场风卷走她最后的一滴泪水，随后登上了离京的大巴车。

此后，北京成了她记忆中永不能碰触的一个伤口。

她在海滩边慢慢地走着，一个护士从她身后跑过来。

“苏纯你走得好快，叫你都没反应。”护士气喘吁吁地截住她，“你的信。”

苏纯见她上气不接下气，不禁笑起来，指了指自己的耳朵，抱歉地摇了摇头。

“哦哦哦，我忘记了，抱歉。”护士将一封信交在她手上，“北京寄来的。”

苏纯微笑感谢，待护士走后，才打开信。

里边是北京某大学的录取通知书，还有一张字条。

“答应你的录取书，我帮你拿到了。虽然这其中发生了很多事，但还是谢谢你，说服杜希桓救了我家。还有一件事，我犹豫许久后还是决定告诉你。你离开那天，我找到了杜希桓，希望他能说服你留下。他找到了你，跪在你身后央求你留下来，他说他已经赚够一千万，希望你能嫁给他。可是苏纯，那时我还恨着他，没有告诉他你听不到的事，对不起……”

字条的落款是展斬。

一张相片从信封中掉落出来。

相片上是一个女生站在街角，身后十几米外，一个清秀的男人半跪着举着一枚戒指。

她的眼泪在这一瞬间滚滚而落。

原来，那天风起时，他真的在她身后对她说：“留下来，苏纯，嫁给我。”

她却以为这是幻觉，才生生地错过了与他共度此生的所有可能。

苏纯慢慢地跌坐在沙滩上，眼泪无声地肆意宣泄。

看着相片上的男子，她自泪水中艰涩地挤出了一抹笑容。

只是，当整个世界都对她无声时，她听到的最后一句话，是他爱她。

此后余生，不论是蹉跎度日，还是放任过活，只要每一天太阳东升西落时，想到他的脸，想到有人曾那样爱过她，也就足够了。

我们再也没有遇见爱情

阅读背景音乐：陈柏宇——《你瞒我瞒》

1

她总在每个大雨欲来的日子找他，仿佛气象预报，她来了，傍晚一定会暴雨倾盆。

距离上一次两周又三天，她再次出现在他的房间里。他推门进去，她从窗边回过头，抚顺散落的长发，眼神柔柔地望着他，笑了。

“9 号……”

“朱小姐。”

这是她第五次来找他。

她不知道他的名字，只记得他是 9 号，记得这张俊逸而清凉的脸，以及他手指触在她皮肤上的温度。

他不知道她的相貌，只记得她叫朱婉，记得她说话的声音、走路的频率，还有她的肩颈、脊椎的骨骼形状。

人有七块颈椎、十二块胸椎、五块腰椎，以及九块骶骨和尾骨，每副骨看似都相同，实则触感、形状各有不同。

凡是他摸过的骨，他一生都会记得。

“我的脖子又不好了。”她解开了衣服，趴在床上，如藻的长发垂落床侧。

他沿着床边走过去，手指划过她的发丝，落在她的肩上，试探她的伤处—两指风池，两指风府，两指哑门，用力按下去。

她痛得屏住呼吸，痛出了一额头的细汗，却硬是没有叫出声。

她一如他记忆中一般坚强，他的心却不禁为她疼了。

“痛可以喊出来。”他说道。

“喊出来，你就不敢用力了，你说那样就不管用了。”她笑道，声音显得有些无力。

“那就常常来。”他说道，“以后会更加不好过的。”

“我也想啊，可是离你太远了。”她轻轻地回答，她没有告诉他，每次来见他，都要从另一个城市搭两个小时的车过来。

“家附近有推拿的医馆吗？”他按下她的风门穴。

“没有……”她痛得身子战栗一下。会推拿的医生何其多，可她宁愿风尘仆仆地来找他。

“开始了。”他按下床边的计时器。

2●○○○

窗外风起，树枝簌簌作响。

江城又到雨季，每逢这时，推拿店总是生意兴隆，在江边生活的人大多关节不好，每逢阴天下雨前都会发作。

他所在的这家推拿会所，在城中最有名气、最专业，也最昂贵，客人却络绎不绝。

她是他今天的第七个客人，也是年纪最小的一个客人。与之前客人不同的是，她的肩颈满是伤疾。

他的手指滑过她光滑的脊背，寻找穴位的同时，摸到了一条伤疤，十五厘米，老式的聚羟基乙酸线缝合需要十二针，伤口边缘平滑，已摸不出棱角。

他不难想象她当日承受了怎样的痛。

“现在还会痛吗？”他声音放轻。

“不痛了，不过想到那个时候，还是会忍不住发抖。”她苦涩一笑，伴着窗外吹入的一阵潮热的风。

她与同龄的女生不同，即便看不到她的模样，他也能感受到她身上的绝望气息。

他有种直觉，她并没有好好待自己。

雨珠敲在窗上，发出清脆的声响。

“下雨了……”两人同时说道。

“我们第一次遇见就是在这样的雨天。”她说。

她所说的第一次遇见，是半年前在寺庙里。适逢佛诞日，他到寺庙上香，临走前摇了一支签，签出落地。

他在佛堂的石板上摸索寻找着竹签，她来到了他的身边。

“好巧，和我的签一样呢。”她捡起签，交给他。

“你解过了吗？”他问。

“还没，一起去吧。”她看出他眼睛看不到，扶着他走进内堂。

结果解签的人只说了两个字：放下。

放下心里的执念，放下心中的罪。

他将签放回签桶，转身离开时，听到她在身后问：“你犯过什么错吗？”

他顿了一下，点了下头。

“好巧。”她苦涩地笑着，走到他面前，“罪不可恕吗？”

他再次点头。

“好巧。”她笑得越发苦楚，“看来我们都放不下。”

她一连三个好巧，让他戒心全无。

那日回去时大雨滂沱，街边打不到车，她撑着伞送他到会所，伞都让给了他，自己的身子湿了大半。

他无意中碰到她潮湿的衣服，劝她上去烘干了衣服再回去，她应许。她肩下有旧伤，加之淋了雨，她连手臂都抬不起来了。

窗外暴雨如注，屋内一只电暖器嗡嗡地转着，她裹着他推拿时穿的白大褂，终于觉得暖了一点。

“你会推拿吗？”她猜出他是盲人推拿师。

“会一点。”

“可以帮我看看肩吗？”她强忍着痛楚。

他摸索着走到她身后，手指顺着她的发丝落到了肩上，检查着她每一处骨头的情况。

几秒钟后，他怔忡，呼吸滞住。

这副骨，他曾那样熟悉，对它的记忆仿佛就在昨天。

他才知，这并不是他与她的初遇。

3 ●○ ○○

没有客人的时候，他喜欢一个人安静坐着，靠在窗边，温一壶茶，听外面街道上的人声和车声。

广播永远都停留在气象台。

“未来三天，我市都将是晴天，预计下周将会有雷阵雨天气……”

下周。他淡淡笑了。

门外响起脚步声，两只脚轻重有别，门推开的同时，他已经猜出是谁。

“师傅，今天休息，带你出去走走吧。”走进来的人叫阿泽，是负责照顾他的人，也是会所的老板。

他们五年前在康定的安觉寺相识，他跟随喇嘛前往藏区义诊，阿泽则运来了一车的电脑和游戏机送给藏区的孩子。

住持面露难色，不知如何回绝阿泽。他们要去的藏区没有电，孩子们靠油灯照明，这些东西恐怕是用不上了。

阿泽一脸为难，身为富二代，他生平第一次做善事，却被回绝了。

是他在当地找到数码行，将所有东西卖掉，换成了现金，交到了阿泽的手上。

那些钱又换成书本和食物，运往藏区。

从那时起，阿泽便一直跟着他，之后又见识到他通藏语、英语和尼泊尔语时，心里就将他敬为了神。

可惜返途中的一场事故让他盲了双眼，他原本打算长住庙里，可阿泽怕他日渐消沉下去，便一掷千金在江城为他开了这家推拿会所。

会所的法人代表写着他的名字，赚赔与阿泽无关。他实在推不过，只好过来。

“不用了，路很熟，我自己去。”他打开拐杖，独自走了出去。

每个周六是他的假期，他会出去走走，但在这座城市里，他熟悉的地方只有寺庙和书店。

他上午在书店买些盲人的医学书，午后会去寺庙与住持对坐，喝茶或者听住持讲禅。

他自小在藏地的喇嘛庙中长大，庙中有老僧懂医，他跟着老僧常年行走在藏区，为藏民义诊。五年前，老僧圆寂，他继承老僧衣钵，继续行医。也就在那时，他遇到了她。

那时他是藏地庙宇中长大的青葱少年，尚不知情窦为何物。她是随父母路过此地的游客，十六七岁的模样，一头浓密乌黑的长发披肩，穿着一条嫣红色的裙子，坐在石阶上写一块许愿牌。

那日午后阳光刺眼，他看不清她的脸，只看到一个身材娇小的人一笔一画地写着什么，风吹过，她的长发拂过廊柱。

檐下铜铃声清脆，庙堂梵音缭绕，他的眼前莫名地亮起了一道光。

他不禁想起老僧生前予他的箴言：这一生你会遇到两道光，

一人似烈阳，一人似明月，烈阳入骨，明月入心。

他在那一刻笃定她是那烈阳，于是他静静地看着那抹嫣红，忘记了一切。

他也忘记了箴言后面的两句：生见烈阳，死，方见月。

4 ●○ ○○

此后，每逢大雨来临前，她总会来找他。

她有时来了会多待一会儿，与他聊聊天，聊些学校里的事，也聊些别人的事。

他才知她叫朱婉，在邻城工作。她来时，他总以热茶待她，她生来体寒，红茶中加少许姜丝可以为她驱寒。

一壶茶尽，她也要走了。

他们没有约定过下次见面的时间，她拍拍桌上的老式收音机，笑着道："广播里的天气预报准吗？"

"准。"他只知道每次广播播报未来几日有雨，她都会来。

"那我应该听听，就知道什么时候会痛了。"她笑着说。

"痛的时候，找我。"他答得很实诚，换来了她轻铃般的笑声。

走时，她轻轻拥抱他，在他怀中停留了几秒，问他："你放下了吗？"

他摇头："你呢？"

"早知活着这么痛，当初死掉就好了。"她从他怀里出来，离开了。

她从不与他讲从前，甚至对过去的事绝口不提。他知道她心里有痛，不能触碰。

当初，他们多么期盼活下去，现在却全数变成了求死的欲念。

五年前，他们在庙中初遇，他不曾与她说过话，来不及问起她的名字，他们便已擦肩而过。

谁也没有料到，几天后他们再遇见时，会是血肉模糊的场景。

藏地暴风雪的深夜里，他们在苍茫雪地里勾着手指，承诺要一起活下去。

只是那时候，他们都以为活下去就是一切，殊不知，他们拼死活下来，可余生的每一天都比死亡还要煎熬。

5 ●○ ○○

她再次过来，已是七月。天气阴郁，整座城市像是被抽走了氧气的罐子，云又厚又多。

她趴在床上，四肢像藤蔓般舒展开，像往常一样将长发撩到一边。

他的手指从她后颈的风门穴一路轻按至三焦俞穴。

“最近我的手指常常会麻。”她说道。

他摸索到她的手，在每个指端捏了捏。

“用针灸试试。”他拿出针盒，在她的拇指根部扎下了几根细针。

“好像一个爱心。”她看着几支针围成的形状，不禁笑开，“你故意的吗？”

“师傅教的。”他却答得诚实。

“好特别。”她低声笑道。

“要连续针灸一周才有用。”

“9 号，我辞了那边的工作，搬来江城了。”

他没有回应，手下力道却小了一分。

“听说放风筝对颈椎好，你陪我去好不好？”她第一次向他提出邀请。

他微怔，手指停下。

“好。”他不知道自己为什么没有拒绝。

周末，她开了车来接他，带他到南郊的山顶公园。

盛夏的郊外，草木茂盛，花香四溢，蝉声在耳边缭绕。

她很自然地勾住他的手臂，像照顾亲人般，细心地带着他绕过沟沟坎坎。

到了山顶公园一望无垠的绿地上，她将风筝放在他手里：“平举到头顶，我说松手的时候，你一定要放开。”

他点头，顺从照做。

她站在十米远外，拿着线轴，静静地看着他。

风起了，又停了。树叶晃了，又静止。

他站了好久好久，听不到她的命令，便问道：“你还在吗？”

“在。”她的声音忽地近在咫尺。郊外风大，他不知道她何时来到他面前的。

“起风了，可以放了。”他抬起手，试探风的方向。

“9 号，我们在一起吧。”她的声音如溪流，缓缓响起。

他的手停在半空中。

“我的心太沉了，没办法和别人在一起。”

他沉默了，喉结上下滚动。

“可一个人扛着那些罪太重了，我想，两个人是不是能分担一些？”她静静地看着他。

“去找个健全的人吧，我没有办法照顾你。”他低低地回答。

“可我只想要你，我觉得你是那个可以和我走完一生的人。”

“两人心里有伤痕的人在一起，是不会痊愈的，只会伤得更重。”他打开拐杖，摸索着离开。

待他走出了几十米，她“嗒嗒嗒”追上来，握住了他的拐杖。

“我带你出来的，也会送你回原处。”

原处？他的原处是诵经声缭绕的寺庙，是风中飘动的经幡，是藏地苍茫的雪山。

他的原处没有她。

然而，尽管结局惨烈，但他从未后悔遇见她。

6

她很久没有再来。一连几天都是雨天，淅淅沥沥的雨让人的心都潮湿了。

会所近来生意越来越好，在邻城开了分店，阿泽见他日渐忧郁，便与他商量，问他愿不愿意到新店去，顺带教教新人。

他是无根之人，到哪里都是一样，便应了。

分店开在那座城市的商业街上，那条街上聚集了最高档的商场、餐厅以及 KTV，全天是无休的嘈杂喧嚣。

他换了角落里的房间，听不到外面的声音，也听不到风雨声。

广播中说：“未来三天都会有雨，预计周五才会放晴……”

他在心中轻叹，走出了房间。

一个月的新人培训结束，他重新挂牌上钟，依然是 9 号。

他第一个接待的客人，是个女孩。

他沿着床走过去，手指放在她的肩上，新换的这个房间有些昏暗，怕她不安，便轻声问：“需要开灯吗？”

她摇头，没说话。

“那开始了。”他按下床边的计时器。

黑暗中，他的手指顺着她的脊椎缓缓按下去，突然他停了下来。

是她。

她将脸枕在臂弯中，感受着他手指熟悉的温度和力度，有种莫名心安的感觉。那日他拒绝她后，她决计这生不再见他，可时隔这么久，她的旧疾复发很多次，找了许多医师推拿，依旧不见好。

她才知道，她复发的可能不是旧疾，而是思念。

她风尘仆仆地找到他，再次见到他时，她的泪水没有预兆地掉落。

“我很想你，控制不住想来见你。”她终于放下心中所有的防备，对他诉说衷肠。

他犹豫片刻，决定对她坦白。

“你还记得五年前的那个暴风雪夜吗？你们的车在公路上遭遇了事故。”

“你怎么知道？”她缓缓坐起身来，疑惑地看着他。

“你还记得是谁救你的吗？”

“有一个路过的医生……难道，是你？”她难以置信地看着他。

“是我。”

那个深夜里，他和她满脸血迹，一个在车里，一个在车外，在等待救援的时候，他们努力地勾住彼此的手指。

她说：“答应我，不要死，一起活下去……”

她的背部被车玻璃划了十几厘米的伤口，脊椎也变形，血汩汩地流出，染红了一地白雪，终因失血过多休克。是他不顾自己的伤势，从车里拖出了她，检查她的骨折情况，并为她缝合了伤口。

那是他第一次摸她的骨，嫣红的裙身下，一副娇小的骨。

救援车赶到后，他抱着她，齐齐晕倒在雪地里。

他们身后几十米，十几辆汽车碰撞在一起，车体严重变形，现场浓烟滚滚，遍地狼藉。

那一夜之后，她成了孤儿，那场事故让她失去了父母和尚在襁褓中的弟弟。

而他也因脑部受到撞击，一个月后，双眼失去了光明。

7●○○○

她决心不再离开他，他是她的救命恩人，亦是能够让她觉得安稳的人。

她悉心照顾着他的起居，陪着他在这座陌生的城度过每一天。

每逢周末，她都带着他出去，书店、商场、游乐场，或者是寺庙，她想带他融入正常人的生活。

他在她的坚持下一点点打开心扉，不再抗拒她。

她带他去看电影，她贴在他耳边为他讲每一个场景、主人公的衣着和表情，讲到旁边人都皱起了眉，她却一脸的甜蜜。

跟他在一起，做任何事都让她觉得幸福。

有那么一瞬间，他觉得他仿佛又看到了光，看到了这个世界。

深夜里，他们在江边的长椅上相依。

“9号，我们都是受过伤的人，我们需要彼此，不是吗？”

她声音轻轻的，“过去的事已成往事，再多悔恨也于事无补，我们给彼此一个机会，好不好？”

他嘴唇嚅动，却又沉默。

“阿泽对我说你的眼睛可以医治，是你自己一直拒绝，到底是为什么？”

因为愧疚，因为在惩罚自己。他在心里说道。

“你可以为了我接受手术吗？你不想看看我的样子吗？”她拿起他的手，放在自己的脸上。

在她手指的带动下，他摸到了她的眼，她的鼻，还有她的唇。

一如他想象中的美丽。

他之前见过她两次，一次在寺庙中，一次在事故中，却都没有看清她的脸。

每每想起她，他的脑中只有一束耀眼的光，晃得他睁不开眼。

“我想有个家了。打从五年前的那场事故后，我便开始了居无定所的生活，直到遇见你，我心里才有了安定的感觉。”

“我们买一套小房子，过柴米油盐的日子。”

“如果你手术成功了，我们可以像正常人一样生活。就算失败了，我也会陪在你身边，这是我们的承诺。”

她与他说着对未来的期盼，他们共同的未来。

他真的可以吗？他的心在那一瞬间动摇了，五年来的，第一次。

他想看到眼前这个女生的脸。

他想同她一起生活，做所有正常人做的事。

8 ●○ ○○

他和阿泽说，他决定做手术，把脑子里压迫着视神经的那个血块取出来。

手术虽有风险，可他想冒险一次。

阿泽欣喜不已，劝了他足足五年，终于听到他愿意。阿泽立刻去联系北京的专家，手术定在了下周。

他没有告诉她，他想等手术成功回来给她惊喜。

他只说他要与阿泽出门几日，飞往北京。

他离开的那天，她接到了律师的电话，说五年前的事故终于有了定论，要她立刻赶去律师行。

在律师的文件夹里，她第一次看到那日事故的原因。

那日进藏的山路上，暴风雪天气里，一辆货车追尾了前方的越野车，导致越野车避之不及，因此撞到了对面而来的她家的车。

事故全责是货车司机的，案件调查了五年，终于有了结论，货车司机将进行全数赔偿。

“那辆越野车上的人有幸存吗？”她忍了忍，但还是问了出来。

“七人，仅有两人幸存，幸好其中有一个医生，你才能被救活。”

医生……她想到了他。

“所以，尽管事故是货车的全责，但撞翻我们车的是那辆医生的车？”她不敢相信这个事实。

“对。”律师答道。

“对方的司机呢？”

“开车的就是那个医生，他名叫韩澄。不过从现场的相片看，有一方是超速的，我们还需要鉴定……”律师后面的话她已经听不进去，她猛地跌坐在椅子上，半晌缓不过神，脑子一片空白。

她以为救她的人是他，以为他只是过路的好心人，却想不到，他就是撞翻她家车子的罪魁祸首。她终于明白了他为何一再拒绝她，也明白了他为何拒绝医治眼睛。

他在赎罪。那起事故共造成十一辆车连环追尾，死亡七人，重伤十一人。

她失去了父母和尚在襁褓中的弟弟，她的人生也从那一天起发生了翻天覆地的改变。

而她竟然在五年后，在世间那么多的人中，偏偏爱上他，想要与他共赴一生。

她的眼泪不受控制地落下，她想到他们从相识到如今的种种，原来他早已认出她。她带着炽热的爱，然而他却怀着赎罪的心。

她以为的爱情，原来只是仓皇一梦。

她在泪水中悲凉笑开，原来她的命运并没有转好，苍天对她的惩罚从未结束。她无法原谅那一年在佛堂外写祈愿牌的自己，更无法原谅他。

她返回会所收拾了东西，乘坐当晚的飞机离开，离开了所有有他气息的地方。

9 ●○ ○○

他的手术成功了。

一个月后，他的视力全部恢复。他迫不及待地赶回会所，却被告知，她已经离开了。

他的房间里，所有她的东西都消失不见。他到处寻找她，然而整个城市都没有她的影子，她仿佛从世间蒸发一般。

直到有一天，阿泽带着律师回来，律师将整件事告诉他，他才恍然大悟。

他担心的事，终于还是发生了。

即便她的家人不是因为他而死，他也是间接的凶手。

他放弃了再寻找她，或许此生不再相见，才能让她的伤口慢慢愈合。他回到了藏区，踏上了漫长的义诊之路。从阿里到那曲，从昌都到林芝，他行过了万里路，踏过了千层雪，开始了他的赎罪之路。

只是偶尔大雪封山，他裹着棉衣坐在藏民的帐篷里时，在油灯昏黄的光线里还是会想起她，想到她那副小小的骨，想到她发丝独特的清香，想到她在庙堂外的石阶上那袭鲜艳的红裙。

几个月后的一晚，他走到尼泊尔的边境，深夜入住藏民家。有老乡匆匆来找他，说有个支教的女老师在回家路上遇到雪崩，在车上被困了一天一夜，被救回来时已经没了意识。

他赶过去，在一个帐篷中看到了一个清瘦的短发女生，她脸色苍白，嘴唇青紫，已经没了意识。

他把了脉，是低温症，不及时救治可能会没命。他拿出医药箱为她针灸，疏通她身上每一处受伤的经脉。

一直忙到黎明，她的体征慢慢恢复，他又转往别的帐子去救其他的受困者。

天亮后，她恢复了意识，强撑着坐起身，却见拇指根部一个心形的针灸形状。

一瞬间，她脑中闪过了一个人影。

她赶紧问老乡，医生叫什么，如今人去了哪里。

老乡摇头，只说医生是别人请来的，从前并没有见过，不过听别人叫他韩医生。

韩澄。她起身冲出了帐篷，雪花成片地飘在脸上，天地苍茫，哪里还有那人的影子。

她无力地坐在了雪地里。

离开他的这段日子里，她去了很多城市，总会情不自禁地想起他，然而那场事故像横在心中的刺，让她始终无法释然。可是几个月前，她收到了律师的消息，说现场的鉴定结果出来了，超速的一方是她爸爸……韩澄才是真正的受害人。

她知道这个消息后，当即飞回去找他，才知他早已离开了，没有人知道他去了何方。

她不知道去哪里寻找他，只听说他可能会回藏区义诊，便申请到这边支教。

她日夜期盼可以在这冰天雪地里遇见他，然而他们终于相见了，却又这样生生错过。

她望着满目苍茫的白雪，泪水簌簌滑落下来，在脸上结成了冰晶。

9号，我们今生还能再相见吗？

10 ●○ ○○

半年后，她支教结束。

她将周边的每一个寺庙都走了一遍，最后到达了康定的安觉寺。

十六岁那年，她曾在这里与爸妈一起拜过佛，还曾坐在石阶上写过一块祈愿牌。

那时的她，因为爸妈有了弟弟而减少了对她的关爱，心里愤愤不平，在牌子上写了一句令自己悔恨一生的话——

希望弟弟死去。

谁料一语成谶。她失去了弟弟，失去了父母，她被佛祖惩戒，成为这世间最孤苦的人。

如今那块祈愿牌早已被无数的新牌覆盖，她心中的负罪感却与日俱增，成为压在心里最深的痛。佛祖下，她深深地跪下去，忏悔着年少无知时的罪过。

殿外，钟声响起，早课开始，全寺的喇嘛从她身边鱼贯而过，在佛殿的两侧坐下。

她从殿中退出去，背起行囊，打算离去。

“请让一下。”一个年轻的喇嘛领着小喇嘛从她的面前经过，他穿着红色堆嘎，外披紫红色朗袈，面容安宁沉静。

看到他的脸的那一瞬，她全身僵硬。

殿内梵音不绝，香火缭绕，殿外经幡飘动，铜铃摇曳作响。

那人与她擦肩而过，没有一刻停留，亦无一瞬驻足，他不认得她，纵使擦肩恍如隔世。她看着他走进佛殿，走入众僧之中，席地而坐，垂目，诵经。

酥油灯昏暗的光线里，他面孔清净，眉目澄澈，仿佛一阵红尘外的风、一捧佛堂上的灰。

风吹过，香灰落。

缘起此，缘终落。

悲伤离散，只是那年梦一场

阅读背景音乐：Dia Frampton
——《Don't Kick the Chair》

1 ●○ ○○

与乔先生相遇那日，清迈大雨倾盆。

银色的小巴在午后缓缓驶入清迈古城，停在一幢独栋小楼前。一个男子站在门口，大雨如水帘从屋檐上流下来，他就站在模糊的水光里。

他二十四五岁，身子清瘦修长，刘海很长，遮住了眉，五官漂亮却表情淡然。看到她，他嘴角隐隐有些笑意，那笑容在这阴雨天里竟有股绿植般的清新味道。

白芷跳下车，用手掌遮雨，露出一抹浅笑："是乔先生吗？包了车子前往清莱吗？"

他点头上车，在小巴的最后一排坐下来，安静得像尊神像。

车子缓缓驶出古城，白芷递给他一粒药丸，说此行全是盘山山路，防止他晕车。

他接过药丸，顺从地放进了嘴巴里，之后便闭眼休息，全程竟与她没有任何交流。

白芷微微撇嘴，便窝在座位里翻书。

两个小时后，小巴抵达清莱。阴雨天的白庙游客少之又少，两人一前一后走入庙中。

"这座庙的设计者修建这里，是为了纪念他的师父……"尽管客人寡言，白芷依然做好地接导游的本分。

"你恨过什么人吗？"相见两个小时后，他第一次开口。

"啊？"白芷微怔，之后笑容略苦涩，"恨过。"

"是什么人？"

她的脑海里浮现出四年前那个浓黑肃穆的灵堂、走廊里一排排的花圈和双亲哭得青肿的眼……

她将脑中的画面甩掉，浅浅回道："快闭馆了，要抓紧时间参观了。”

他含笑侧身，半晌后才又问：“我们现在在哪里？”他指着景区图。

“地狱。庙宇的设计师认为世界有四层，天堂、人间、地狱，还有魔鬼，我们现在正在地狱。”

他竟微微一笑，似乎很满意。

白芷侧目。

“走吧。”他转身走向出口。

“前面还有三个殿，不去了吗？”白芷追问。

“嗯。”他轻哼，“我答应某个人要下地狱的，已经做到了。”

白芷呆立在他的身影后面。

那天晚间，车子返回了清迈古城。

乔先生一路闭眼熟睡，而白芷却晕车了。

她正昏昏沉沉之际，突然感觉手掌和拇指根被人按住，睁开眼，却见微暗的车里乔先生身子向前微倾，脸离她很近，一双眼泛着澄澈的光芒。

她的胸膛莫名暖了一下，心跳加快了几拍。

“你还懂医啊？”她强撑着吐出一句话。

“会一点，你怎么不吃药？”

白芷摇头：“我不吃药的，就算病倒了也不会去医院。”白芷脑中闪过了一个苍白而病态的男生。

乔先生没有继续问下去，继续帮她按着穴位，他的手背上有一道浅疤，掌心却温暖异常，身上有淡淡檀香散发出来，竟有着平复人心神的作用。

然而好景不长，车子在古城的巷子里转来转去，她强忍下去的呕意再次涌上来。

车刚停，她便下车狂呕起来。

半晌后感觉好受一些，她才慢慢转过身来，却见乔先生立于她面前，递水过来，声音不轻不重。

“恭喜重返人间。”

她挤出一抹笑，接过水漱口。

“等我一下。”他转身走回屋子，再回来时，手上多了一个小草药包，“睡前放在枕边。”

“你真懂医？”

“会一点。”他露出一个浅笑，“明天下午六点我想去夜间动物园，来接我吧。”

“还要我陪吗？”她回忆着刚才的呕吐场景。

他慢慢点头，目光扫过她脖子上的胸卡，说道：“白芷，一起下过地狱的朋友，接下来一个月，拜托了。”

他笑得露出了皓白的牙齿，笑容真诚而明朗。

2 ●○ ○○

白芷在清迈的身份除去中文地接，还是清迈大学大四的学生，另外每逢周末，她还要在清迈的夜间动物园兼职讲解员，所以第二天，两人的相见地点改为动物园门口。

她借了另一个兼职男生的胸牌，挂在了乔先生的脖子上。

“有了它，你就可以畅游动物园整夜，直到闭馆，”她微笑道，“并且能够无限次地乘坐游览车。”

他依然露出招牌似的淡笑。

整个晚上，他同她坐在游览车上，一遍遍地参观动物园。载着三十人的游览车穿梭在伸手不见五指的林间，每当到达动物圈养地时，才会开启车顶的探照灯，白芷这时便会拿着话筒，用中英泰三国语言讲解，而他就乖乖地坐在她的对面。窄小的空间里，两人的膝盖始终相抵着，他有时看动物，有时看着她，有时还会扭开脸浅浅一笑。

“你笑什么？”她将话筒捂住，低声问他。

“泰语还不错。”

“这笑容看着可不像赞赏。”她轻撇嘴。

“英文有点烂。”他答得一本正经。

她白了他一眼：“你英语很好吗？”

“会一点。”

她扑哧一声笑了出来。

游览车继续缓缓行驶在漆黑的林间，风吹动树叶发出哗哗的声响，然而白芷却只听见自己的心扑通扑通地跳，心跳激烈得快要让她窒息。

车子盘山而上，旁边的女生突然失声尖叫。

司机猛地停下了车，白芷刚想伸手开灯，手却突然被一个温热而宽大的手掌包裹，一个略焦虑的声音穿破静谧响了起来：“你怎么了？”

是乔先生。她的心猛地一晃，之后车上接连响起几声尖叫，她急忙推开他的手，打开车灯。

全车哗然，是几只散养的羚羊听到了车声，迎着声音跑过来时无意中碰到了客人。

客人们纷纷开始拍照，她将双手插回了口袋里，眼神有些躲避他。想必他也意识到刚才尖叫的那个人并不是她了。

之后车子继续行驶，周围重归黑暗，她才终于敢看向他，虽然根本不会看到他的脸。

车子在林间穿行，晚风吹动树木，他们耳边都是树枝摇曳的声音。

他也始终沉默着，好像适才什么事都没有发生。

每一次车子拐弯时，两人的膝盖都会轻轻相撞一下再分离，她的心就会随着相撞的膝盖提起再落下。

之后山路再曲折蜿蜒时，那只温热的掌心就已经轻覆在了她的手背上。

清迈的夜很凉，她的手心却无端端生出了一层又一层的汗水。

她知道在这个夜里，有什么东西在她的胸膛里萌动了。

3 ●○○○

与白芷同住的小金说她是孤身在异国他乡太久，寂寞得要生虫了，才会因为一个温暖的掌心而动了春心。

小金还将泰国一部偶像剧里的台词讲给白芷听，说她是急切期待恋爱的女生，全身上下每个毛孔都散发着需要男人的气味。

白芷埋着头，抱书去学校自习。

小金是泰国女生，和她同念清迈大学音乐系，不过她家境优渥，不必像白芷一样打几份工。

两人在古城角租了一个西餐厅的二楼，每早在清曼寺的钟声中醒来，在僧人的诵经声中吃早餐。

小金觉得这样的生活简直不能再棒，而白芷却开始担心下一个月的房租，她或许要去偷寺里功德箱里的泰铢了。

父母双双生病，家里还欠着亲戚一大笔的钱，她必须多打一份工了。

她想到了乔先生。虽然他和她说好了接下来一个月拜托她，可他已经一周没有联系她了。

或许他正游荡在清迈的街道上，拿着一份像蚯蚓样的菜单，点一份酸酸臭臭的冬阴宫以及泰北炒河粉，满脸苦涩。

他一定需要一个贴身的全职导游，她或许可以毛遂自荐。

于是一个周末的午后，她按着第一次接他的地址，来到了那栋两层的小屋前。

午后白花花的阳光里，她一眼便看到了乔先生，他坐在邻家餐厅里，即使是酷暑天气，依然穿着长衣长裤，轻啜着一杯冰水，慢条斯理地念着菜单上的一个个泰语菜名，完美地点完了餐。

回头间看到了白芷，他眉头轻挑，之后露出了一个浅笑，就像是多年邻里遇见般，不见半分惊喜的表情。

她双手扯了扯包包，悻悻地走到他的面前，轻轻“嗨”了一声。

“找我？”

“路过。”

“有事？”

“没有。”

“吃过了没？”

“没……不，很饱。”

“坐吧。”

“好。”

她觉得自己简直丢光了这辈子所有的脸面。

他点了咖喱蟹、芒果糯米饭、鲜虾炒河粉、青木瓜沙拉，以及绿咖喱鸡，一个人点了满满一桌。

之后他将所有菜推给她，只拿起了手边的一杯冰水，淡淡道："吃吧。"

"你呢？"她微怔。

"去旅行社租车的时候看到你写在留言板上的愿望了。"他轻啜冰水，说得云淡风轻。

她顿时觉得喉咙里像是卡了什么似的，眼角一阵酸涩，夹起一块芒果匆匆放进嘴巴里。

眼睛涩得像是揉进了沙，她大口地咀嚼，把脸扭向了一边。

"咖喱蟹、芒果糯米饭、鲜虾炒河粉、青木瓜沙拉、绿咖喱鸡，什么时候它们可以一起出现在我的餐桌上？白芷，2015年9月。"他慢慢地吐出她在留言板上写下的字，竟然连日期都记得一字不差。

眼泪哗哗而落，她原以为写中文，别人是看不懂的。

"为什么对我这么好？"她实在忍不住，擦掉泪，直接问出来。

"我想让你过好一点。"他的眼神中满是真诚。

"为什么想让我好？"她决心拗到底。

他低头笑了，然而笑中却有一丝苦涩："我恨过别人，也被别人恨过，只是这几天才觉得，若是被你恨，恐怕我真的承受不来。"

"那就不要做坏事。"她朝着自己理解的方向说。

他没有应她，重新饮冰水，心里钝钝一痛，默想道：已经来不及了。

"对了，你为什么叫白芷？"半晌后，他将冰水放回桌上，"我特意上网查了药效，消炎止痛，你父母生你的时候火气很大吗？"相识以来，他第一次幽默地开玩笑。

然而，很奏效。

她立刻笑了，抬头看着他：“那你呢，怎么知道我会来？”

“旅行社说你早上重新抄写了我的地址。”他答得诚实。

明明是张让人赏心悦目的脸，偏偏他每次一张嘴，她都被感动得哭笑不得。

“高手吧，你一定是高手吧？”她扬着下巴挑衅道。

“你说追女生吗？”他淡笑，“算是吧。”

她被芒果汁呛了一口。

“不过你不一样，你是一起下过地狱的朋友。”他伸手拍拍白芷的肩膀。

她愣了一下，这个动作像极了兄弟，电影里那种生死相依的结拜兄弟，将之前缠绕在两人间的暧昧一瞬间挥散干净。

不远处，诵经声穿耳而过。她怔怔地看着乔先生的脸，乔先生的眼。

她生平看过很多人，中国人、泰国人以及说不上国籍的人，为何她独独看不懂眼前这一个？

兄弟，真的只是兄弟吗？但是你可知，我对你的喜欢在此时此刻又多了一点点？

一点点，就像是清迈古城的面积那么一点点，像泰国国土那么一点点，像泰国到中国的距离那么一点点。

只是一点点，侵心入腑的一点点。

4

那天午后，她坐上了乔先生租来的摩托车，在清迈的街道上风驰电掣。

车子将古城远远抛到后面，灼热的风吹在身上，原本快要被烤化的她，却因手指紧捏他的衣角而觉得一切都变得舒爽。

她带他去了清迈大学，参观她的教室，游览著名的大学湖，晚上一起去尼曼路，逛了充满泰国风情的小店。她一路吃吃喝喝，他却只是一杯冰水在手，清淡成仙人。

深夜，他们坐在护城河边喝着啤酒，吃着炒河粉，又在凌晨一点去逛周末夜市。人群熙熙攘攘，两人不断地被挤散，再聚回。

后来他的手就揽着她的肩，人少时就松一松，人多时，她整个人便被他紧紧箍在怀中。

听他用流利的泰语和小贩们交谈，白芷挑着眉，问他："你的泰语为什么这么好？"

他只答："曾在泰国短暂停留过。"

她又问："那为什么还要请我当导游？"

他轻拧眉，摇头。行至人声鼎沸处，他听不到她的声音。

她踮脚贴近他的耳畔，原想再说一次，然而四周适时放起了礼花，鬼使神差间，她的唇落在了他的面颊上。

他微怔，之后低头轻轻笑开，嘴里喃喃说了几个字。

"你可以原谅我吗，白芷？"

她却没有听清他说的是什么，只知此刻在漫天烟花下微笑的乔先生，美好得像一场梦。

她偎进他的胸膛，望向清曼寺的佛祖。

晚风清凉，月色如华，众神众佛见证，白芷爱乔先生。

愿他能从深渊中赎起我，解救我，赐我新生。

接下来是毕业季，白芷无须再去学校，便带着他走遍了清迈。

她发觉对乔先生，她有种与生俱来的信任，甚至没有问过他是哪里人，他是做什么的，下个停留地又是哪里。

她只知道他懂药材，会医学，精通三种以上的语言，还有一副好心肠，每逢遇见乞讨之人，抑或是大小寺庙，他一定会施舍。

“对陌生人都善良的人，对身边的人不会差。”这是哥哥从小对她说的一句话，如今也因为这句，她对乔先生付出了一颗真心。

他们行遍清迈附近所有的庙宇，每逢有祈福牌，他一定会写，之后挂在她看不到的地方。

她有时也撒娇问他：“那上面写了什么？”

他只笑不语。

直到最后一次去双龙寺，风吹过一大串的祈福牌，她才隐约看到一个白字。

他祈福的人是她吗？他为她许了什么愿？

她看着他在日光下高瘦的背影，从后面抱住他的腰身。

他怔了一下，回过头，问她：“你有什么心愿吗？”

“希望你此生无痛无疾。”

“你自己呢？没心愿吗？我去拿牌子，你也写一个。”他转身离开。

白芷抬头看着树上的那块牌子，好奇不已，便踮脚起来。

上面并没有任何祝福的词汇，只有一个名字：白宛宇。

她脚下一软，幸好扶住树干才不至于跌倒。刺眼的白日光下，她的周身却蹿起一股寒意。

只是，重名吧。

深夜，她去乔先生家看碟片。

乔先生从柜子里拿出来一叠碟片，问她：“想看什么类型？”

“有恐怖片吗？”她一脸坚定。

他微怔，却还是放好碟片，之后起身：“我有些工作要做，你自己看，可以吧？”

她点头。

此后两个小时，她在影片里一阵阵骇人的尖叫声中度过。她将自己缩成了一团，脑海里却满是白宛宇三字。

电影配乐渐渐从有到无，气氛越来越紧张，她知道电影中最恐怖的时刻就要到来了……

电影里传出一声令闻者丧胆的凄厉尖叫。

她不禁打了一个寒战，将身子缩得更紧，就在这时，一阵檀木清香的味道传来，乔先生在她身边坐下来，一条手臂自然地搭在她身后的沙发靠背上。

她怔怔地转头看着身侧的人。

他看着电影，另一只手却自然地将她的手掌包裹，声音依然是淡淡的：“幸好赶上和你看最后这几分钟。”

她的手掌被他握着，心跳停了一拍又一拍，然而不安的情绪越来越浓。

“你为什么要去地狱啊？”她终于问出来了。

“有人说我早晚会下地狱。”他答得坦然。

“什么人？”她问得执着。

他回头注视她，很久后才浅笑开来：“改天答你。”

“我想知道。”

乔先生缓慢地吐了一口气，之后答了一个字：“你。”

她的心一颤。

他从茶几下拿出一张报纸，放在她的手里。

是四年前的一则新闻，某制药厂的新药在试验阶段出现意外，致病人死亡。她的脑子轰的一声像被什么东西炸开，她猛地抬头看着他。

他双眸一直看着她，很久后才沉沉点头："是我。"

她盯着他，目光晃动，如同经历了天地崩塌，手指慢慢将报纸握紧，闭上眼，再睁眼时，一行泪已滑落下来。

果然……不是巧合。

她重新看向他，眼里是绞碎般的痛："所以，你找我做你的导游不是偶然……"

"嗯。"他轻应，心中的愧意快要将他淹没。

"所以，你当初学泰语是因为来这里处理这件事？"她捏紧报纸。

"嗯。"他不打算对她再有任何隐瞒。

"所以你懂医，会用药，所以你机关算尽接近我……是为了给自己赎罪？"

他目光深垂。

"所以那天在夜市，你喃喃自语什么？"她泪流满面。

"你可以原谅我吗……"他一字一句答。

"你可知……"白芷的眼泪如同决堤的洪水，"我在那日还向众佛祈祷，祈祷是你，带我走出深渊。"她已泣不成声。

眼前这人，给予她掌心的温暖、胸膛的温度，给予她一桌美味果腹，给予她一包草药安眠。她将全数心思交付他，想依他靠他，想向他讨新生，想与他赴未来……

然而，他怎么会是未来？

他是她根本割舍不断的债和仇。

人生若只如初见，而有些人，此生死在何方，寂在哪里，总之不与她相见相认，或许于她是最好的结果。

她努力撑着自己起身，然后转身，一只手却紧握住她的手臂。

那人双眼也已通红："当年是我年少冲动，你有你的恨，我却也有我的原因。我不想解释，我只想补偿……"

"那就说钱吧，一条人命是多少钱，我哥哥的命又值多少钱？"

"白芷……"他一瞬间几乎不认得她了。

"既然你连地狱都肯下了，那么我若要你像哥哥一样从这世上消失，你愿意吗？"

他沉默，一双眼却始终看着她的脸。

"乔先生，我对你的要求一如四年前所说的，这一生都不会再改变—你会下地狱的。"说完，她转身推门而去。

四年，她用四年的时间来让自己淡忘那件事，甚至远离家人，逃到清迈，逃到这个全世界离佛祖最近、最能够忏悔罪责的地方……然而，她依然没有一刻忘记哥哥的脸。

她的哥哥曾是她的全世界，他存在于她儿时的全部时光与回忆中。

他是第一个十四岁就拿下全国围棋冠军的天才，是征战全世界而胜绩无数的祖国荣光，然而十七岁那年，他在国外比赛期间突然高烧不止，她是唯一陪同他的人，因为不懂语言，一时大意接受了会仁药业海外公司的试药协议。

一纸协议，生死无责。

一周后，药物起了排斥反应，哥哥的生命体征几近消失。她疯了般去找药业代表，才得知研制此药物的人在国内已经承认药物中的成分会导致病人心脏衰竭，药业公司法人代表将面临刑事责任，而公司的海外部门已经人去楼空。

她哭到几乎晕厥，恨不得躺在病床上的人是自己。她跪在医生的面前，恳求他们救哥哥，即便是用她身上的任何器官去换，她都义无反顾。

然而哥哥还是走了，在爸妈来不及赶到前，他已经停止了呼吸。

他在床畔的墙上一笔一画写着：没关系小芷，哥哥从未怪你……

哥哥去世后，父母一病不起，她用哥哥生前赚下的钱带父母看病，还问亲戚朋友借遍了钱，然而曾经住过的城市她却是一刻都待不下去。

她狠心离家，前往清迈。

离开那日，听说那家制药公司的国内总部破产，她不顾一切赶过去，公司大厦被查封，只有百家媒体聚集在那里。

记者得知她便是受害者家人时，将她重重围住，而面对镜头，她只是哭，泣不成声。

末了，她对着镜头只说了一句话："研制药的那个人，你一定会下地狱的。"

可她怎么也没有想到，那个下地狱的人是乔先生，会仁药业董事长的独子—乔雨梵。

5 ●○ ○○

一周后，白芷在清迈大学顺利毕业。

拍毕业照时，她听到老师们闲聊，学校在一个月前收到了一大笔匿名捐款，要求十年内所有中国学生的学费都可以获得减免，当然也包括将要毕业的她，之后学校会将之前收到的学费全额退还。

她刚打算用学校退还的学费去交房租，却被告知房东太太要出国几年，不再收取房租，唯一的要求就是她要负责照看好院落里的花草。

而最惊喜的是，她所兼职的旅行社也发放了三万泰铢给她，只说是感谢她几年来的辛勤工作。

白芷的账户里突然多了一大笔钱，她打电话给国内的舅舅，想先还他一笔钱时，得知她家所有的欠款都还上了，而且城里一家很好的疗养院已和她的爸妈接洽好，说之后的治疗费用全免。

白芷的脑海里闪过一个人，但很快她又将那身影甩掉。

话已说到至绝，那人绝不会再做这些事了。

她在清曼寺的大殿里坐了一整天，诵经声缭绕，风吹过时，屋檐下的铜铃叮叮作响。

她原本以为自己的心会静下来，然而，那人的脸如魔如咒，挥之不去。

她决定回国。当初她为了逃开有哥哥的家乡，孤身来到清迈，而如今一切尘埃落定，她也是时候回去了。

收拾行李时，她看到了枕边的草药包。时过一个月，它依然有着淡淡药草香。出门时，她将它丢进了垃圾桶。

双条车在古城走走停停，路过乔先生那栋两层小屋时，她刻意将头扭到了一边，却听到几个刚上车的当地人说，那间房子已经售卖了。

手掌紧握，她还是听到自己心里有什么慢慢破碎的声音。

深夜，最后一趟航班飞离清迈。

旁边两个中国女生翻着一份报纸，边看边讨论着，她隐约听到了乔雨梵这三个字。

只是幻觉吧。白芷重重地闭上眼。

6 ●○ ○○

回到国内，她应聘到一家幼儿声乐培训机构上班，天天教一群小孩子练发音，日子倒也轻松简单。

周末，她便到疗养院陪着父母，和他们说说话，讲讲自己在清迈遇到的那些事。

一家人都小心翼翼地不敢提及任何与哥哥有关的事，她也自然隐瞒了乔先生曾出现在她生活中。

疗养院里的老人很多，大多健谈，父母的身体一天天好转，前几天还有个很著名的中医大师特意来过，为父母开了一副调理身子的方子。

好像所有不幸都慢慢远离了他们，所谓的否极泰来，是不是就是这样？

公司里年长的阿姨开始为白芷介绍男朋友，家境好的，学业好的，工作稳定的，一个个都还不错的男生被送到白芷的面前。

白芷也不推脱，与他们吃个饭，聊聊天，之后却再没下文，直到律师陈出现。

他有着与某人很像的气质，长她七八岁，话很少，沉稳踏实，面孔清俊，最重要的是，他一年四季里，只喝冰水。

见他那日风很大，白芷在看到他的第一眼就落泪不止。

两人以朋友的身份相处两年，之后她便熟稔地去男方家作客。律师陈做得一手好菜，他下厨时，白芷就在他书房里顺手翻些法律书。

也就是在那么偶然的一天里，她看到了他书桌上的一个案宗，上面写着一个熟悉却也陌生的名字。

乔雨梵。

她手指伸出又缩回，几经挣扎，终于拿起卷宗奔向厨房，向律师陈要答案。

律师陈仿佛料定她会如此一般，慢条斯理地处理着一条鲤鱼，之后回答她："他下周出狱，你要同我去接他吗？"

她全身僵硬，一动不能动。

之后她终是知道了这两年里的事。

乔雨梵在出国前就已经变卖了所有家产，之后将钱捐给了清迈的学校、寺庙，并买下了白芷所住的那间房子，还安排她父母入住疗养院。

从清迈回国后，他下了飞机便去自首，承认当年制作有副作用的药物是他故意为之，而狱中的父亲只是代他受过。

律师陈说话的速度变得缓慢，他说："白芷，你知道乔雨梵的童年是在父亲的虐待中度过的吗？乔雨梵自幼失了母亲，父亲虽然是制药公司的总裁，却一直患有轻度妄想症，一直怀疑乔雨梵并非他亲骨肉，常常用锁链将儿子锁在家中。乔雨梵甚至不如猫狗，他自小便遍体伤痕，因此他痛恨父亲，在读大学时放弃最爱的建筑学，改学生物制药，并在大学期间研制出了后来那个新药。他原本只是想在公司扬名的时候宣布新药的副作用，好让父亲身败名裂，却不想那个药已经流到海外进行临床试验，而唯一一个受害者就是你的哥哥……"

白芷只觉得周身无力，瘫坐在椅子上。

"这世上哪有平白无故的事发生？"律师陈叹息，"他父亲的案子是我打的。在被调查期间，他突然要力保儿子，将所有的罪都顶下来，法官考虑到他的精神疾病，判了他十年。原本他这么做可以让儿子前途无忧，可两年前乔雨梵回来找我，说要自首承担责罚。他还问我，坐牢算不算人间消失，牢笼对人来说又算不算地狱。”

白芷的眼泪在两年后再次为了那个人流个不停。

末了，律师陈说：“下周一，一起去吧，”他顿了一下，“白芷，我喜欢你，可是比起某个人，我远远不够。”

白芷抹干眼泪，走到他的身前，轻声道：“转告他，他还的债，我接受了。”

7

一年后的秋天，清迈大学校庆，所有学生都收到了邀请卡。

时隔三年，白芷重回清迈，小金携外籍老公隆重请她吃饭，桌上摆着咖喱蟹、芒果糯米饭、鲜虾炒河粉、青木瓜沙拉以及绿咖喱鸡。

白芷愣了愣神，拿起筷子顿了片刻，最后只轻啜了一口冰水。

“同学们都已经结婚了，你和那个律师好事将近了吗？”小金问她。

“嗯，房子下个月装修好，这次回去后就打算订婚了。”白芷淡笑着答道。

饭后，她在清迈古城里晃了一会儿，兜兜转转就走到了那栋两层小屋前。

院里花草茂盛，院落里晒着几件孩童的衣服。白芷不禁浅笑。时间匆匆，世事更迭，这小屋或许早已易主几回，只剩她，怀揣着往日的回忆度过每一日。

或许，这一次之后，她便再也不会回来了。

隔日小金的老公说没有去过白庙，坚持要去一趟。小金一个劲儿地使眼色，然而外国人活得耿直，完全不能意会。

白芷径直上了车子，端坐在后座，示意自己没关系。

两个小时后，他们到达白庙，当地气温近四十度，小金的老公依旧穿着长衣长裤，白芷不解。

他挠头回答："我浑身刺青，小金她不喜欢，正在一点点地清洗掉，好痛。"他故作痛苦表情。

白芷浅笑，脑中想起那个人。

二十几年中，他穿了一夏又一夏的长衣长裤，是为了遮挡儿时留下的遍体伤痕吧。

然而她那时只在乎自己伤口的疼，却连一句他的苦衷都没问过。

可如今想这些，又有什么用呢？

小金和老公在前面走着，她一个人慢慢跟在后面，在魔鬼之手的桥上停下，怔怔地看着面前那座银光耀眼的佛殿。

"我们现在在哪里？"

"地狱。"

三年前，她与那人拿着一张地图在这里伏首对话。

然而，他们都亲手将对方送入了地狱。

她正出神间，突然听到小金在一个相片栏前喊她。

"这个是你们中国人吧？"小金指着相片上的一个男子问道，"竟然也有中国人来这里捐钱建庙哦。"

一张长长的合影之中，她一眼便看到了站在中间的那人，身影高瘦，穿着一身长衣长裤，面孔清俊非凡，嘴角带着淡淡的笑意。

她心头一紧，猛地拉住一名工作人员询问。

“哦，他是昨天来这里捐香火的施主，可是并没有透露名字，只是让我们大家叫他地狱先生。”

“他现在在哪里？”

“他说要去全世界走走看看，大概已经离开了吧。”

白芷呆立在相片栏前，这就是她与他最后的结局了吧。即便恩怨消散，他们还是在咫尺间擦肩而过。

半晌后，她终于淡淡笑开，手指轻抚过那相片，喃喃自语道：“欢迎回到人间，乔先生。”

在她的身后，一个男子拖着行李箱从庙里走出来，出租车司机殷切地迎了过去，询问道：“您是乔先生吗？订车去机场吗？”

男子点头淡笑，坐进了后排。

车子缓缓驶离白庙，窗外的阳光刺眼，他将车帘轻轻拉上。

“先生是第一次来泰国吗？以后还会来吗？”司机热情地与他攀谈着。

他浅笑，未语，只是低头看着手机里那段存了三年的影像。

视频中的白芷长发披肩，站在飘着细雨的古城小巷中，手掌举在额前遮雨，声音软软地问：“是乔先生吗？”

这是他记忆中最美的一幕，也是那一刻，他爱上了她。

只是这世间诸事阴错阳差，缘分起起浮浮，他终是再也看不到拥有那样笑容的她了。

他轻轻闭眼，一滴泪从眼角滑落。他多希望他们能从头来过，重新相识，与她只忆欢欣事。

可悲伤离散，只是那年梦一场。

后记：趁着你还喜欢我

我最近常循环听一首叫《白羊》的歌，可能是因为我正在做一个剧本，所以听歌的时候，我脑海里很容易浮现画面。画面中的人物多半是剧本的男女主角，清晰的节奏点敲下来的时候，我仿佛能看到男生与女生遥遥相望，空气中有飘浮的尘埃，两人都在克制自己。他们隔着一段不算长的距离，却也是无法靠近的距离。

压抑无言的爱最揪扯人心，却也有着让防线崩塌的力量。

能大声说出来的爱，是幸运和幸福的。

无法言说的爱，就像一个住在火山下的守山人，你不知道火山是否会爆发，更不知它何时会爆发，然而在猜度、试探后，在无法控制地被它吸引而靠近它时，那种从内心蔓延出的甜，是一万吨糖果在空中爆炸都无法比拟的。

可能是因为我很早就在一些电影里感受过这种苦虐中的高甜，后来我写的小说里，很多时候男生、女生都是表面平静的，然而他们胸腔里那颗小小的心脏却有着火山爆发般的威力。

《我有一个超能力，超级喜欢你》中，那些微涩辗转的心跳，描写的大概就是爱情。

很长一段时间里，我总是克制着自己对爱情的表达，这种克制来源于它本身的力量，我想也来源于我从小的生活。

出于某些家庭原因，儿时的我一直处于颠沛流离的生活中。我随身准备一个小行李包，随时等着从一个亲人家辗转到另一个亲人家。

在家人的回忆中，开始的时候，我对于这种短暂相处又离别的生活十分放不下，会紧紧抓着亲人家的门框，号啕大哭着不愿离开。后来，我渐渐只是沉默着掉眼泪。再后来，我只是将离开的步伐放得很慢。再再后来，我已经可以头也不回地从一个家离开，再安静地进入另一个家。

大人们说："她习惯了。"

而很多年很多年后，我将这些讲给我老公听时，我讲得很自然从容，可不知他为什么会红了眼眶。

他对我说："你最开始对家人毫无保留，投入了所有的感情，才会不舍，才会号啕大哭。可后来那些投入的感情很快中断，你需要不断地投入感情，每一次全情投入后，如果结果都是分别，你会慢慢收起你的感情，你会试着把家人都当过客，只是为了一场场不再难过的分别。"

我慢慢回忆这些年自己对情感的表达，我一直以为自己性格是不喜欢情感外露的，原来在儿时，我也曾热烈地表达过自己的情感。

他轻轻地拥抱我，告诉我："从今往后，你不必压抑自己的情感，你不需要那只小行李箱，你不需要故作潇洒的表情，因为我们不会分别。"

爱，究竟可以改变什么？我一直在想。

它是缓缓流动的溪水，一点点填充我心里空空的那些洞。

一个又一个洞被填满，我虽然不会再有儿时的天真与欢乐，但有些心上的疤痕和烙印慢慢消失了。

好的爱情，是人生最好的恢复剂。

好的爱情，也不论结局。我们曾热烈地爱过修复过我们人生的人，和对方相拥亲吻过，虽然不一定能相伴到老，但是能遇见就足够美好。

在下个街头，你与那人偶然相遇时，就算不曾相认，你也可以骄傲地告诉自己：是那个人，让我成了更好的自己，一如我身边的朋友大远、猫。

他们的爱情美好得像梦，故事的最后，他们成全了那个人，也对从前的自己释怀了。

后来，当我再落笔写故事时，我发现自己打出来的那些字，变了。

它们不再生涩苦痛，故事中的人也不再遥遥相望，他们会雀跃地感受心动，雀跃地走向对方。

这便有了这本书中的这些故事。

书中还原了爱情原本的样子，它发生的瞬间，是心脏中有种子萌发的瞬间。

万物萌发，原本就该是温暖而强大的。

纸短情长，感谢你们读到最后，希望你们喜欢这本书。

我在心里
设想过一万种
或自然或做作的
开始方式，
但只想过一种结局，
好结局。